U0071545

一些人物，
一些視野，
一些觀點，
與一個全新的遠景！

帶著傷心前行。

一個心理工作者的自我療癒故事

王理書 著

【推薦序】心底的凝視之眼

余德慧（慈濟大學宗教與文化研究所教授）

在《冷暖人間》的結局，丈夫阿良去找離家出走的妻子，對她說：「當年我們有小孩的時候，為他們煩心，總是想著，等到孩子長大成家立業之後，我們夫妻終於可以單獨在一起，永遠生活在一起，那時多麼巴望有這麼一天，現在孩子長大結婚，我們卻因為太多的怨恨而不願在一起，我以為你也知道這道理，所以在你離家之後，我總是盼著你會自己回來，等到我知道你不願意回來，我才知道願望真的好虛幻啊！」

在幾週以前，日本多摩大學的西皮雅尼教授在成大與慈濟大學談西田幾多郎的「場所論」。西田哲學是京都學派的創始哲學，西田的「場所論」在近代倫理學發展與法國倫理學被融會成不可思議的後現代哲學。從抽象的意義來說，西田的人間倫理是無我的倫理，「我」從來不存在，只有從你那裡我才看見鏡象的「我」以你的形象來導致「我」的存在，因此儘管人們滿口的「我」，其實是那共在的場所所孕生的倫理實相。

但是在場聽演講的研究生似懂非懂，也問不出什麼問題，當場我有點苦惱，沒想到理書的書稿寄到，居然解決了我這問題。我的助理收到書稿，自己看了一下說，老師你就讓學生分開念這本書。我本來也不以為意，由於身體病痛，徹夜不能眠，就裹著毯子在沙發上捧著書稿讀到深夜，這才發現理書簡直就是在為我闡明西田哲學。

我在前面引了日本電視長劇《冷暖人間》丈夫阿良的話，雖然只是短短的幾句話，卻把人間倫理的辛酸說到骨子裡，理書每次談到父親，有種無法抵達的奧祕深度就如深井泓潭，她經常不自主的說「自從父親過世……」，那不在的人卻似龐大的身影一天天地長大，從海德格哲學來說，這是海氏的名言：「缺席是現身最強大的方式」（Absence is a strong mode of presence.），而理書的場所匯聚了缺席者（前夫、小嬰靈、父親、姑姑、外公）與現存者（丈夫、樹兒、旦、母親、弟妹們），讓兩者以陰陽交合的方式出現，在看見的凝視朝向不在眼前的真實，讓不現身的真實在眼前的場景獲得暗影的支撐，有時眼前實景令人苦惱，暗影的甬道就成了救贖。

人的共在構成無人稱的倫理場所。理書的「我」，無論是妻子或媽媽，無論是女兒或是大姊，她都隨著「你」的相應而應答著、生產著，沒有固定的「我」，而卻獲得人間的深幽。這與西方（美國）文化過度強調自我確立、自我認定為某種堅實的存在者有很大的不同，毋寧說，東方的母親從來就是天生的「場所論」的實踐者，從理書的一切描述，例如一個小小的剪短了的頭髮，都以充滿了兒子的眼神說話，一個耳洞也在母親、女人之間穿梭。從自我確立論的文化來看，彷佛缺乏自我，說出來會侮辱自己獨立的人格，可是在東方的智慧，自我確立只有在共在情境的瞬間形成，然後崩潰。因此，人的存在宛如《流浪者之歌》的希達多注視著河面，多少的「我」如水波蕩漾，理書也悟到這點，點出一大群「我」四處坐立遊走，也感覺到一股流動。

真正扣緊這流動的卻是場所裡的看見的與不見者的共舞，將理書引導到另一層深度。在我們的眼見之處，真正讓我們跌宕到奧祕心靈的是那凝視之眼。所謂「凝視」指的是在可見視線的盡頭出現不可見的事物，這是拉岡精神分析非常重要的發現。精神性的豐富生產，包括聖徒的虔敬、母親的殷切都與凝視有關。凝視與生命轉化幾乎同時發生，這在齊克果的生命裡，曾經多次從絕望凝視出絕大的希望。簡單的說，即使是一件不經意看見的事，例如傷心的理書在惶惑之中，抬頭看到店家的電視，看見劫白曉燕的匪徒與警方對峙，看到民眾驚恐的神情，理書的眼中卻現出「從自己做起，好好認真平實地生活，回到力量，回到樂觀，回到信任」。這個轉化並非黑格爾式的辯證法，更不是「理情治療理論」的觀點，也絕非美國式的「正向心理」的力量，那是亙古以來多少宗教徒、受苦難者的凝視機制。

台灣的心理諮商可說是人文社會科學裡最美國化的學科。我常靜靜地聽著心理諮商師演講，心裡總是很納悶，為何經過美式的制式訓練之後，幾乎所有的個人哲學的深度都不見了，某種尺規被當作口號式地搬弄著，一談到倫理，也只剩下專業倫理，彷彿心理諮商過程的「處境倫理」（內在倫理）完全被取消了，這種工業化的魔咒，使得心理諮商成了新的媚俗工具，步上了美國電影工業的後塵。我很高興理書多少掙脫了一些習氣，以清新、神沈的方式為我們說生命的故事。

【前言】在湖邊與陰影相遇

我用透明來看見自己，我用澄澈來穿透自己，
我讓自己成為湖泊，在森林深處靜靜躺著，
等著你來，看見自己，
我沒有什麼能給的，只有誠實看見的目光。

我看見自己，從生活的驚喜與甜蜜開始，
我看見自己，從關係的糾結與受困開始，
在幽微曲折的心靈小徑上，我與自己的陰影相遇。

我遇見自己的影子，靜靜躺在湖邊，
依然有生命力地掙扎，依然有生命力地舞動，
於是明白，原來生命是這麼回事，
在我溫柔的女子內站著持刀的武士，

在我認真的母親內包著頑皮的舞者，
在我創造的小孩內裹著死寂的哀悼，
……

若別人說我是溫柔認真的母親，眼裡閃爍有創意的夢想，
我說我還會是持刀武士守護著舞動死寂的哀悼者，
無盡的頑皮呵……生命的豐厚與弔詭。

【開場】

每天發生的事情與思索，我都寫在這本書裡。

我用真名，寫真事情真感受，理由是：站在真誠的力量。

本書常出現的人物：

我：女性，2個孩子的媽，以演講與工作坊為主要收入。
有心理學與教育的背景。
喜歡：寫字、沈思、創意工作、進入人的內心世界、煮飯、吃巧克力。
專長：說故事、連結兩個世界。

宗展：男性，我的老公，孩子的爸。
諮商心理師，私人執業。
喜歡：樂高、弓道、espresso黑咖啡、和老婆約會。
專長：思辯與聆聽。

樹兒：我們的兒子，目前5歲多。
以長大與遊戲為工作。
目前喜歡：踢足球、跑步、玩大富翁、解題。
專長：開心與聆聽別人。

昕兒：（暱稱「旦旦」）我們的女兒，快兩歲了。
以長大與遊戲為工作。
目前最喜歡：阿嬤、媽媽、巧克力。
專長：笑、學說話、在家散步。

目錄

當自己

當女人

當媽媽

當女兒

一切都是從父親去世開始……

父親的離開為人生帶來一種「破局」的啟示。年幼的我一直迷信：「只要乖乖聽話，就可以平順安定。」

理書的父母和妹妹（1967）。

因爲有了自己的家，傷心逐漸化爲力量。

回顧一九九七

剎那間，我明白，
我之前的自我創造了離婚的機緣……

二〇〇六的年底，生命的視角再次回到一九九七，我住在台中友人家。離婚半年的我，將戶口遷至台中，寄居大學老友之下。那是生命能量轉折很大的一年，不同於過往的天真性格，我進入孤兒狀態。那時，我遠離新竹的地緣、所有的舊友、工作；世界對我而言是新的，我在台中，給老友一點點房租，開始自由講師的身分。一個人，一張床，用箱子堆成的書桌，一扇大窗，十樓的高度，俯瞰一所小學的操場，那是我生命裡第一次不用「上班」或「上學」，不用每天早起急著出門。小學會升旗唱國歌，台中的暖陽與十樓的陽光，房間裡咖啡的餘香，開啟我每日的沈思。

「我是誰？」這是我當時最好奇的問題。從小，我無須想這個問題；自然且充滿情感地，我是爸爸鍾愛的孩子，媽媽可依賴的大女兒；熱情且被捲入地，我是四個弟妹的大姊，發號施令，帶領大夥遊戲的領導人；欣喜且歡迎地，我成為學生、乖學生、優秀學生；帶著困惑卻期待的，我變成老師，國中老師、高中老師、諮商老師；無思考，憑直覺地，我成為女友、未婚妻、不專心的妻子……然後離婚婦女……事實上，「婦女」與當時的自我內在是有距離的，當時心裡還只願認自己是個「女孩」。

在一九九七，所有舊自我認同都成為碎片。父親去世，母親搬家，新的家族動力，弟妹當家，我離家過久，處理自己的問題，女兒的角色只剩下被關心的部分，少了給予和關照的過往習性。我流浪台中，憑著舊的友好關係，接零星的工作。心思憂傷，工作量很低。所有的儲蓄用盡了，手邊一部紅色三門喜美，帶著我南北奔波。第一次……我的自我認同片片破碎。齊秦的《絲路》專輯〈夜夜夜夜〉，描寫的正是當時的寫照：「你也不必牽強再說愛我　反正我的靈魂已片片凋落慢慢的拼湊　慢慢的拼湊　拼湊成一個完全不屬於真正的我。」

當時，不能接受離婚結局的我，自問：「怎麼發生這樣的事？」最後，我給自己一個答案：「人性裡，有軟弱。不是沒有愛，是軟弱使得愛撐不過去。」這答案滿足了心中好奇，我認為：「也許，我不只是原來認識的自己，我是一個更獨特的存有。」我不只是個乖孩子，不只是個好老師……我可能還是個叛逆孩子，一個創作者。當世界破碎時，正是自由最大的時候。

我開始尋找，「另一個可能」。

二〇〇六年的年底，我從《慧眼視心靈》一書閱讀到幾則讓我魂魄撼動的訊息。將精神灌注其中最偉大的意志行動，就是選擇依以下規則生活：

• 不評判。

・不抱期望。
・放棄想知道事情為何會這樣發生的需求。
・相信生活中突如其來的事件是心靈指示的一種形式。
・有勇氣做需要做的選擇及接受無法改變的事實，並有智慧分辨這兩者。

回顧當年的自己，原來在最低潮的時刻，我放棄評判、放棄期望、放棄了解為何如此發生的需求，我相信這背後有更大的自由。我將焦點放在「我能做什麼選擇」，而放棄去改變已經發生的事實。也就是，當時，給自己力量的，是神奇的內在指引。我沒有讀過書，卻遵循這樣的精神原則，帶領自己走過變局的人生。

一九九七年四月，白曉燕命案，在台中的路上，吃飯，路過，都會聽到新聞裡隱含的恐懼。記得有一回，在吃火雞肉飯時，高掛的小電視，新聞播報者激情的聲音……我問：「這混亂的社會，我能做什麼？」這一問立即落淚（落淚是我與深層自我連結的訊號）內在出現清晰的聲音：「從自己做起。」忘記是哪裡閱讀來的訊息，「萬物一體，我心裡所有的意念情感，都在影響這個世界。」於是，我跟自己說：「從自己做起，好好地認真平實生活，回到力量，回到樂觀，回到信任。」許下心諾：「這些落淚驚恐也都在我心裡，我只能從看顧自己的悲傷與張皇開始行動。」這次離婚，要讓我學會的，就是真實地做自己，還有如何去愛的功課吧！我明白，電視上民眾的焦慮，以及綁匪的冷酷，反倒激起我心中的反向：堅持平靜與信任的力量。剎那間，我明白，我之前的自我創造了離婚的機緣，過於沈溺在被照顧的我其實是不懂得愛別人的，我過於堅持自己的完美形象，經常忽略了內在情感的真實，我很少敞開給予，我的給予通常帶著回報的期待。看見那樣的自己，對於孤兒般的遭受，好能接納，因為，我天真者的外表下，有個用孤寂冷漠包裹的滄桑世界。

二〇〇六的這個夏天夜晚，宗展說：「老婆，來，抱抱。」兩個孩子擠在椅子上玩，沒人來吵我們（註1）。我們結實地互抱，我對宗展說：「你最近不快樂。」在一起好久，這是我第一次對他的不快樂，如此敞開接納擁抱。宗展是生活中最容易讓我失去平靜的人，也就是透過婚姻而來的魔考。我可以學會對別人對世界無期待，卻無法放下對他的期待。在《關係花園》一書，我學到，「關係的期待也是讓關係緊密的元素，但期待得建立在雙方有意識的共識。」其實，我們之間沒有約定「在對方面前，要快樂」。但是，我卻因為自己易受宗展不快樂的影響，而不接納他的「不快樂」。二〇〇六年的自己，認分地當媽媽，當家裡的總管，偷到時間時盡情閱讀與寫字。我依然在問：「我真正是誰？」確認的答案是：「我活著，我正在創造，我是誰，因為我的創造而彰顯。」

我知道，我有力量影響的，是內在的自己，是身邊的人事物。遠方的事物，也都在影響範圍，卻是透過自己的正念正言正行而影響。我甘願地，扎實地，回到我的觸覺，動作，能影響到的。

在特別悠閒的早晨，我對棉被說：「謝謝昨夜的溫暖。」對奶瓶說：「真高興又清乾淨。」對太陽與天空說：「真好，又見面了。」我在心裡對孩子們說：「謝謝，分享你們的笑容與活力。」在心裡對宗展說：「抱歉，我又失去平靜。」中午，我打開世界新聞，深呼吸世界的萬象悲喜。吃麵包時，我感念正在飢餓的孩子，珍惜地吃每一口麵包。

宗展看了以上的文字對我說：「老婆，你的文章我看了，看了一次，一次，又一次，想起你當時那麼可憐，對照你現在的樣子，這轉變讓人充滿驚喜。」宗展的話語，對我是個祝福與肯定，反映了我對生命的信任，堅持信任。

註1：平日，孩子會在我們擁抱時，堅持要擠到我們的四腳中間。

世界觀與我

父母其實不曾明白地說出這些人生道理，
但這些規則就像植物扎根一般，
深深影響我，成為我人生的主要依據。

二〇〇七年三月某日的晨夢裡，我列出童年學來的人生信念：

- 活著，就是要為明日的溫飽打算。
- 揣摩周遭的規則，順服這規則，可以活得最順利。
- 基本上，只要把該盡的責任做好，剩下的就是自由，真想玩就去玩得開心吧。
- 但若沒有把該盡的責任做好就去玩或做自己想做的事，會使得旁人受苦。

醒來之後，我坐到電腦前書寫。父母其實不曾明白地說出這些人生道理，但他們身體力行，我耳濡目染地浸泡其中，這些規則就像植物扎根一般，深深影響我，成為我人生的主要依據。經常有金錢壓迫感的母親對我們隱形的期待就是快快長大，獨立自主。高中畢業，我考上師大之後就經濟獨立了；家裡除了我與小妹外，其餘三個孩子都在國中畢業後，打工上學，自給自足。

多年來，在沒有工作收入的時日，即使生活無慮，我還是會被幽微的焦慮干擾；早年在公立學校教書，放暑假雖有收入，也還會兼家教來安定那「無事閒人」的罪惡感。

「人生中最重要的是什麼？」我問自己。母親有個貧窮的童年，父親不穩定的收入以及五個孩子的教育支出都讓她憂煩，她何以對我們有這樣的期盼，我完全可以理解與接受。但我的人生，也需要這樣嗎？明日的溫飽無慮，也許是活著的基礎，但需成為首要目標嗎？十多年前我存夠錢，準備辭去高中教職出國念書，母親對此決定充滿焦慮。一向孝順的我能不顧母親的建議，讓自己離開，有一部分動力是我不明白的深層渴望；彷彿，我在追尋一個比順從母親更重要的夢想。

我最深的渴望與熱情在何處？我當時朦朧地知道想學心理學，我喜歡帶領小團體，喜歡看人眼睛，聽人說話，喜歡沈吟人心，喜歡了解自己。「就是往前走吧！」父親驟然去世給我最大的啟示，就是人生無法預估，即使母親反對，我也毅然辭職。

父親的離開為人生帶來一種「破局」的啟示。年幼的我一直迷信：「只要乖乖聽話，就可以平順安定。」關鍵的一九九二年，祖母、父親相繼去世，老家也因都市規劃而被拆……生命的心靈歸處消散無形，破碎的心讓靈魂接管生命，原本由人格掌控的乖巧也破碎了，人生開啟巨大的叛逆。父親的死讓我明白，「活得真實與活得快樂」有多重要。童年的舊信念失去規範的力量，但從舊信念失去影響力，到新信念的穩固，前後也花了大約十年。

這十年來，我以兼任為正職：大學講師、學生輔導中心、社服機構或學校的在職訓練講師、私人心理工作室的會談工作、工作坊的帶領人與公開演講的講師；每一份工作邀約都很短暫，從三個小時到一學期或一年不等。這讓我學習為自己的每份工作負責。我為了什麼而答應？是生活求溫飽的需求？還是靈魂的觸動？最平衡的則是兩者兼顧。

十年來我發現，這一連串的工作抉擇，彷佛無形的指引，帶領我發現新的潛能，越來越真實且快樂。那真實的快樂，背後的神奇魔法在於：我做的事情就是我心裡的真實，而且我有能力讓自己充分地融入與參與。

當我心中正在尋找「什麼是愛？」時，我接了許多親職教育的工作。當我渴望開發直覺力、明白潛意識的動力時，我接了許多隱喻故事的工作坊。當我對人間的愛有多困難產生疑惑時，我留在強制親職的家暴場域裡工作。當我誠心想獲得夫妻間的和諧與親密時，我接了許多婚姻會談與演講。

這些工作帶來心靈的飽滿，心靈飽滿成了工作中最大的回報；當金錢成為工作後附加的結果而不是動機時，金錢就更自由了。工作讓我充分浸泡在人性的深度，無論是陰暗或光明……工作中發生的故事一次次充實我的靈魂，帶給我無盡的沈吟，讓我歡喜滿盈地跳脫鐘點費的計算，扎扎實實地享受工作。走過這漫長的歷程，我體悟：

- 人生，為自己負責。
- 活著，只能為此時此刻的存活，是否飽滿豐盈而專注。
- 而未來的福分與禍，在此刻已經播下。

二〇〇六年秋天，連續十週，我用了一週的工作時數去準備一場演講。把事前準備時間一起計算，時薪大概與大學生打工差不多，以金錢的角度來衡量真不划算。但那秋天，是我這幾年能量最滿盈的時刻了，因為我為自己的熱情與渴望而工作。演講會場，聽眾的熱情與信任打開我的靈魂深度，讓我從靈魂深處發聲說話，而不再只是傳遞知識而已。這能量的飽盈與充實至今仍讓我印象深刻。

這體驗，支持我更充沛地活在新信念裡：「人生，只能為自己負責。」「活著，只能為此刻的存活，是否飽滿豐盈而專注。」明日是否溫飽的焦慮依舊在，但把心思停留在明日的焦慮反而會失去真實活在此刻的機會。

我陳述了信念（世界觀的一小部分）在我的人生裡，如何發揮影響力；以及我如何透過覺知與行動，逐漸找到更能讓自己真實感受快樂的新信念。不知你是否閱讀到，如何堅定地不受憂慮恐懼的烏雲影響，練習敞開自己的心，支持自己的信任。

對一個孩子而言，成長除了身體長大以及能力成熟之外，還浸泡在家庭的「信念場」裡潛移默化。孩子自然而然會擁有父母的信念與世界觀，無論是順從或叛逆，都在受父母的影響下尋找自己最終真實要追尋的。孩子進入青春叛逆期，主要的宣戰對象，其實就是父母的世界觀加在自身的束縛。孩子想要擴展，擁有一個讓他感覺更自由的信念系統。成人進入中年期，各種轉型的危機，換工作、生病、關係的變故……也隱含了舊世界觀過時的掙扎。

一般而言，三十歲以前，我們學習消化吸收早年決定的世界觀；三十歲以後，人生因負責而逐漸將擁有權完整地轉移到自己手上；看見與明白各種舊的信念，並重新選擇，幫我們擴大視野，尋找更真實的快樂與幸福。

現代人當父母的年紀大約是三十歲左右，正是重新建立自己人生視野的時候。這時候孩子正年幼，正是無條件吸收父母信念的時機。身為一個有覺知的父母，關於信念的部分，我提出以下的四個原則：

‧知曉自己原來的信念。

‧覺知自己受到信念的支持以及束縛。

‧重新調整與選擇，讓此信念能支持真實的自己。

‧無論在哪個階段，將自己的信念與配偶討論，取得共識之後，讓孩子有機會知曉。若無法和配偶取得共識，也清楚地讓孩子知道，父母有什麼樣不同的想法。

在農曆年節時，五歲的兒子問我：「為什麼我們家沒有電動玩具？」（娘家的電腦有波波遊戲網站，表弟手上有最新的gameboy，兒子非常沈迷外婆家的電腦遊戲，整整兩日都不想出門。）

我認真看著他眼睛說：「因為我們愛你。」我說：「你知道看電視看太多會變笨嗎？」兒子點頭（註1）。「那你知道玩電動玩太多也會變笨嗎？」他眼睛轉了兩下，同意的點頭。「爸爸看過一個研究說玩電動的時候，只會用到後腦，我們最聰明的前腦，在玩電動的時候都沒有被訓練到……玩太久了，會少很多聰明，而且對平常好玩的事情失去興趣。」

我繼續說：「你知道為什麼爸爸媽媽工作時間那麼少，不去賺很多錢嗎？」「為什麼？」孩子真的好奇了。「因為……我們想要把時間留下來，陪你玩呀！」我凝視他眼睛慢慢說：「因為我。們。很。愛。你。」「你喜歡我們花很多時間陪你玩嗎？」我問。兒子點頭並欣喜的說：「對啊，我最喜歡你們陪我玩了。」

「媽媽的想法是：活著很重要，相愛也很重要；所以趁我們都活著的時候認真一起玩，好好相愛。」

這故事的背後，有我和先生無數次的討論。「我們家的電腦網路，要連接到遊戲網站嗎？」「我們家要買什麼樣的玩具？」「為什麼我們這樣選擇？」「我們最重視的是什麼？」也因此，在兒子詢問時我能如此清晰地向他表達。這份表達讓孩子感受到我們的愛，並支持他面對電動玩具的誘惑時，更有覺知力。

仔細閱讀自己的故事就發現，這真的不只是表面上說：「因為我們愛你，所以不買電動給你。」這故事的背後，有我們家深刻的世界觀。老公與我的共識是：

- 「**現在**」**優先於**「**未來**」。

- 「專心在一起」重要於「物質上的安全」。
- 「人與人之間的真實互動」好玩於「虛擬的電腦世界」。

這幾年，我們努力的方向是：讓生活所需簡單而樸實。空出的時間放在人與人的相處：包括夫妻兩人的獨處，單獨陪伴一個孩子遊戲、說話，四人共處的居家時間，還有與原生家庭共享的家族時間。

在一起，就是專心，承接每一瞬間的需求、想法與感受。哭也好，笑也好，一起同在。在一起，共同分攤，一起做事。功課是孩子自己的責任，工作是父母自己的責任；在一起時共同的責任就是居家空間的舒適與每日例行家務。當孩子玩耍時，父母也能看自己的書或一起說話；當父母做家事時，孩子若能參與就一起做，若太小能力不足就學習自主獨立。相處時，陪伴的質地很重要，未必要量很多。

由於幾年來累積的基礎，孩子與我們相處時安全感充分，心靈安在，自我價值感充足；因此，孩子的物質需求平衡，沒啥物質欲望。他可以欣賞表弟的電玩，喜歡它卻不一定要擁有它。也因此，一句簡單的：「因為我們愛你，想要多花時間陪伴你，不想要你讓電動陪。」才能創造如此充足的說服力。

童年的信念變成背景，在我們現在的家，宗展與我，共同分享與創造，屬於我們的新世界觀。

註1：我們說過關於看電視與兒童性格發展的研究給他聽。

另一種活

產前胎位不正，決定剖腹。死亡陰影尾隨著。

二〇〇二年，我即將成為母親。生的能量豐沛盎然，死的影子也同時綿綿不絕地彰顯。

記得懷孕時，每次產檢或身心反應都一切安好，但卻止不住被媽媽的擔憂沈沈壓住。她說：「不只一個，是每一個算命仙都說，你生產時有一大劫厄。」當時的我尚未接觸生死學，不知即使沒有仙機顯示，死本就與生相隨。劫厄的用詞鬼影幢幢地伴隨著無數個孕婦不眠的夜。易餓，一天六餐，無論醒或睡，飢餓感非解除不可，是我的懷孕現象。深夜餓極，若宗展隔天不忙，夫妻倆就開車去吃二十四小時的吉野家；若宗展貪睡，我就獨自起身吃泡麵或水餃。夜深獨自清醒特別容易想起死亡的事，一個人時就打開電腦寫遺囑，或寫信給尚未謀面的胎兒；兩個人時就交代宗展，我的教育理念是什麼，要好好傳給孩子；有時哭，有時笑，懷孕的我容易動情，每一書寫或開口都真情流露。

後來，產前還胎位不正，決定剖腹，交託給醫生的現代化手術台，安了我媽一半的心，但死亡陰影還尾隨著。在手術前一週，一起研習親職教育的朋友們圍著我，像是足球隊友打氣一般，給了朋友的義氣與祝福。在懷孕期間跟隨我學習親職教育的這群朋友，大家有默契地心知肚明，萬一宗展成了鰥夫，在養育與情感上絕對鼎力支持。在生產十個月後的今天，我心裡依然能感受到朋友的溫熱。死亡成了生之盟友，所以在平常的日子，我活得珍惜而深刻。

無獨有偶的，我帶領生死學團體，在備課時打開九二一過後，我為災區孩子寫的《地震故事書》（註1）裡的故事，〈秋天的樹〉：

> 秋天的早晨，空氣涼涼的。
>
> 如果你打赤腳到草原上奔跑，腳丫子會沾滿溼溼涼涼的露水。
>
> 楠楠看著秋天淡藍色、乾爽的天空，心裡回味起父親說過的話：「你可以對樹說話喔！秋天時，安靜的心，樹就會回答你。」想到這裡，楠楠胸口一熱，拔腿狂奔，一口氣跑到公園中央最高的一棵大樹下，呼吸好快好快。楠楠雙手抱著樹，抬頭看著樹，大聲叫喊：「爸爸是不是上天堂了？」
>
> 樹很安靜，沒有回答。楠楠再用力再用力搖晃，大聲問：「爸爸是不是上天堂了？」樹用漫天飛落的枯葉來回答他。
>
> 楠楠垂下頭，嘆了一口氣，坐在樹下，抱著膝蓋低聲的哭泣起來……

這段故事讓我明白，生命走至此，我最關心的是人一出生就一直面對的死亡（Wear

dying.），或者說我更想看見活的真相，若不只是由功成名就、子孫滿堂來建構，那是由什麼來訴說意義？我帶領的生死學團體，主題就是：「如何真心而實在地活在必死的事實上」。

孩子出生了，我順利地活下來，雖沒有與死亡拔河，但看著樹兒明亮的眸子，開始觸碰到心底對死亡的害怕；在聽見新聞裡的死亡紀事時，開始感同人生的悲涼感。當媽媽的我，比以前更貪戀活著。我曾在信裡對宗展說：「人生活至此，最愜意不過了。沒有考試壓力，沒有經濟安全匱乏，沒有演講的催促，沒有親人生病或貧困的擔憂，滿滿的我們的愛，盈盈的樹的笑；但不知怎麼的，很真實地感受到空無的迫近；怕死，怕想像中死後自己的孤寂，或你們無助的思念。」這樣的明晰或傷感只在心靈澄澈時浮現，大部分的我還是活得昏昧，忘記死亡地活者。人浮在事情裡。

二〇〇二年底，樹兒七個多月時，日記上寫著：

「早上醒來，抱著七個月大的兒子下樓，眼睛所見，一片凌亂：掉在地上的音樂娃娃，倒著的喝水瓶，一坨坨擦口水的面紙散落各處……昨夜熬夜看書的疲倦雙眼還沈重著，牙未刷、尿未解……兒子急促的吸奶嘴聲，『嗯，餓了喔，媽媽泡奶奶給你喝，等一下喔！媽媽要先上廁所。你先在這裡玩一下。』手一放下他，他就哇一聲哭了起來……解了尿，迅速泡了奶，抱起他，他安穩的吸起奶來，咕嚕咕嚕的聲音，聽著聽著心裡滿足起來。『好了，準備要出門了，今天媽媽要去台北演講，你要去阿嬤家，我們黃昏才能去接你喔！』『嗯！東西都帶了嗎？爸爸也要去上班了喔！』

『啊，等一下，媽媽還要帶一片CD才能出門。』匆忙地找到工作需要的CD，正要出門……咦？那是什麼味道？抱起兒子的小屁屁一聞，『哇，你便便了！』於是又丟下一堆出門的行頭，找來濕巾、尿布，坐在地上開始解開兒子的褲子……『趕快，你坐爸爸的車，媽媽要去搭公車。』……匆匆把孩子放到安全座椅上，正急著要幫他扣上安全帶，老公說話了：『不急，這我來，老婆你讓我抱抱，好好跟我說聲再見吧！』

頓時，我眼睜睜看著他，這個每天生活在一起的人；又看看旁邊那個開心踢腳玩耍的兒子……繁忙的世界刷地寧靜下來。上了公車，看著父子倆的車子越行越遠，眼眶溼了起來，是感動的眼淚吧！又辛酸又欣喜的！

人浮於事，一早起來，我捲入事情的浮動裡，整個人泡在事情裡，精準卻迷失，失去了整體的意義感，失去了歷史脈絡。那樣的形象，就是很忙亂混雜的職業婦女，工作、孩子、家務全都捲在一起，人就浮沈在其中。只有疲憊與認真，有時的焦慮或抱怨，或是孩子的笑與哭，在笑時覺得可愛，在哭時就磨練當媽的能耐……

『好好跟我說聲再見吧！』這句話如雷震耳，頓時把我帶回生命脈絡，我回到生命裡珍貴的親密。眼前是一個一起奮鬥多年才共組家庭的伴侶，手上抱的柔軟溫熱則是懷胎許諾要給予愛的小生命……這一瞬間的忙亂或辛苦突然變成浮在湯上的胡椒或香菜，它們只是點綴生命的小味道，而我那一路走來的珍愛和許諾，才是熬了一回又一回，精心燉製的濃濃好湯。眼前這些生活的事情不再浮沈，而捻成一股線，層層被編織到一幅生命的豐富織錦。

是的，這生活是我要來的，何其幸運能在這樣的早晨，有兒子可以餵奶，有先生可以吆喝（幫我們拿餵奶巾，幫我泡杯茶）……即使那臨出門的便便，在兒子長大後，都將成為開懷述說起的故事。『那時候啊，你總愛在我們要出門時突然拉便便，我和你爸就只好停下來，溫柔的換尿布……是不是你從小就愛賴我們？』如果，眼前的道別不是最後一次，而我們還能有無數多個早晨要道別，黃昏要聚首。而珍貴的，不就是回到自己的中心，穩坐其中。身浮於事情裡忙碌，但心裡珍惜這生命裡看似平凡卻有意義的每個片刻呢？」

回想起生產時看似空穴來風的一場虛驚，其實是我人生轉場的儀式，一場宣告「舊我死亡，珍惜活著」的儀式。十年來，閱讀思考書寫演講說話，我依賴文字在心靈世界裡尋得安穩；而現世生活吃飯應酬購物的物質熱鬧全都因時間不足而疏遠了。

生產後，在歷經坐月子期間不近文字的監禁之後，照顧孩子生活需求的瑣事霸佔了我原本非常充裕的心靈時間，曾經一度因為無法書寫而憂傷的懷疑自己得了產後憂鬱症。直到徹悟到，我再也無法恢復過去的生活步調了，決意生產的我，早就明白照顧孩子得佔用女性數年的時間。當媽媽以後，舊的我也跟著胎衣被掩埋。生活細碎讓思考閱讀的時空顯得侷促，但因孩子而展開來的身體與物質投入卻創造越來越真切的另一種心靈。

花半個下午拙拙地熬一小碗粥，然後與九個月的孩子對坐，一小口一小口餵他吃食，有時他吃得滿足笑開來，有時他頑皮亂爬，粥糊得我一身衣，半天就這樣消逝了！整整一個下午，沒有思考，沒有文字的我，在充滿身體動作的時空裡學會另一種活著的方式。丟了三顆金黃的小桔子在地板上，看樹兒抓它們、丟它們，陪他爬著去追滾動的小桔子，笑著樂著，還要處理偶爾跌倒撞頭他的哭泣，一個晚上就又過去了！睡前，忽然發現自己的身心從來沒有那樣放鬆過。

曾經因沒時間工作而焦慮，或在樹兒不在時拚命打字而肌腱發炎都是一種失落；這失落是由於我以為我還擁有以前的自由，徹悟後則是接納，認知到自由不在，不期許能恢復過去的工作量，反得到了更大的安然。認知無常長在，死亡隨行，反倒在尋常的日子裡存在得安然。

註1：教育部出版，一九九八年。

擁抱死亡焦慮

當她看到我時，她賴回阿嬤懷裡。
最後，阿嬤迴避，我們才能帶走她。

因為坐安全椅的衝突，二十個月大的女兒旦旦晚上不想跟我們回家，選擇留在阿嬤身邊。我看到小女孩賴在阿嬤懷裡，感覺很安全的樣子，知道她正在為自身的依附安全感行動。阿嬤也樂意她留下，也就順她。樹兒一時無法接受，「晚上我會想念旦旦！」在回程的路上，樹兒被我抱在懷裡，他在思念妹妹的情懷中。我告訴他以下的故事：

以前，你跟旦一樣大的時候，有一次，媽媽和爸爸去花蓮工作，我們離開你兩天兩夜，你就跟阿嬤睡。後來啊，等我們回到新竹要接你，你也不跟我們走呢！小朋友有時候會這樣，因為心裡以為被拋棄，所以想要保護自己。可是後來你還是繼續每天跟爸爸媽媽回家，因為爸爸媽媽真的真的很願意陪你。你越來越相信爸爸媽媽，無論陪在新竹，或人在花蓮……爸媽的心都繼續愛著你。所以，旦旦雖然沒睡在我們身邊，她還是感覺到我們的愛與想念。她在阿嬤家，會過得很好。而且，我們明天就會把她接回家了。說完話，樹兒好了，宗展也很輕鬆，我心裡雖想念旦，但也同時祝福這一切的發生。那天晚上，三人如常親密地玩耍，然後一覺到天亮。

週六週日，旦都跟我們回家了，她失去了「熱情地跑向媽媽並熱烈地擁抱，高興地回家……」那種流程。當她看到我時，她賴回阿嬤懷裡，一會兒，她才會找個玩具什麼的要我陪她，最後，阿嬤迴避，我們才能帶走她。回到家，我覺得兩人像是爭吵過的戀人，特別敏感地親密。我特別放鬆與專心，母女兩人，擁有許多歡笑與遊戲……而那裂縫，逐漸彌合，同時創造了更大的斡旋空間。孩子在依附與獨立期，就是需要一次又一次地「分開而後再復合」，於是，孩子有更大的彈性，來適應日後的獨立與單飛。

習慣往內看的我，這幾日也檢視了自己：「這件事情反映出自己什麼樣的內在？」原來，很愛女兒的我在自我追尋上增長了熱情。多年心理工作經驗正步入整合期，我迫切需要時間將它們都寫下來！十隻手指已經因為長期打字，而有些肌腱發炎的傾向。而很愛我、很黏我的女兒，一定先感受到我離開的心思了！她在吵架事件以前，變得更需要更黏我。她的「黏」反映出我心裡在「工作熱情與許諾陪她」之間的衝突。

記得上週每天早上，徵求了宗展的協助，兩個小孩都交給他送。每天我在孩子醒來前「逃離」家門，躲到咖啡店裡工作。內在有個新的自己茁壯地長出來……強大的熱情，佔據了我的心思，導致我與孩子相處時，活在當下的品質下降。宗展形容，工作狂熱的我，內在的甜美細緻消失了。

這熱情，從何時開始點燃？仔細想想，是從參加姑姑的喪禮以後。我形容，參加姑姑的喪禮讓我感受到死亡的追逐。被死亡追逐，想像的焦慮讓我在陪伴孩子時，心思不夠專心。

是啊，純然的熱情不會讓生活失衡的！讓我失衡的，是貼近死亡產生的死亡焦慮。我這樣思索：「若沒有這份死亡焦慮，我會如何做？人生最重要的是什麼？」我回答自己：「若我沒有這份焦慮，我會在孩子回家之後，將心完全放空……讓我擁有一種活在當下的品質。我不會在晚上思索，也不會在晚上打開電腦、打開書本……」「我會看得見家人的臉，看得見他們移動的路線……我會聽見他們呼吸的氣息，觸碰他們在他們有需要時，一如這幾年我許諾陪伴孩子所給予的專注一般。」我信任存在自有安排，而我，能否隨時活在當下，就是我能否與存在連結，最重要的鑰匙。

死亡焦慮，一次一次，透過不同事件，彰顯出來，我得找個時間，認真地尋找，那幻想死亡帶走一切的內在自我，好好地與自己對話。我假設，有個內在小孩，對死亡有莫名的恐慌，於是我往內召喚：「那個恐懼死亡，害怕死亡的阻隔，害怕中斷人生使命的理書，你在嗎？」我閉上眼睛，**看見一個躲在黑暗角落的小女孩，瑟縮的身體，黑暗的岩**

洞，滴水的寒冷，她害怕的雙眼，向我點點頭（註1）。

內在心像還看見此刻成熟的自己，穿著睡衣，進入岩洞。我的腳踩在黑暗的地底，每一步，都發出明亮的白光，久久不消失。我正在靠近她，那個瑟縮的小女孩，雖然距離遙遠，但我可以越來越靠近她，聽見她的心跳，聽見她害怕地說：「不要留我孤單在這裡。」終於走近了，如同抱著樹兒或昕兒，我嫻熟地抱起小女孩，我說：「先讓我陪你在黑暗中坐一會兒。」我看到，自己的身旁，有著溫柔的金光，那是天使的守護。小女孩在我懷裡很安全，我問：「你準備好說話了嗎？」她點點頭。她說：「我害怕死亡，所以我躲了起來。我哪裡都不敢去！」

成人的我說：「讓我來告訴你我認識的死亡。」死亡，就是回到光的家，當我們全心信任，全心放空，徹底地離開身體，徹底地記得來時的地方，你的本質就是光，如同你要回去的地方，除非你被恐懼鎖住。

小女孩困惑地，搖搖頭：「我不相信。」「我記憶中，死了的人，沒有回來過。」「我記憶中，死了的人，丟下妻兒丈夫，未完成的心願……再也無法相伴！」「我害怕離開我的母親，所以我不肯離去……但我也回不去母親的身邊……我只好自己抱著自己，坐在這裡，不知去哪裡（註2）。」

我說：「讓我來讓你感受到母親的擁抱吧！」「讓我來唱首歌，讓你記得母親的溫暖吧！」「讓我來觸摸你，讓你記得自己的柔軟與溫暖吧！」如同擁抱兒子與女兒，如同平日輕拍他們入睡，如同我時時感受到對他們的愛，我的心在此刻，全然朝向小女孩敞開。

我不知這是我心像裡想像的隱喻，或是內在孩童，甚至是前世記憶。我早已學會不需要去問為什麼，我此刻唯一需要的，就是愛。我感受到自己也是被擁抱、被輕拍聽著母親吟唱的孩子，我感受到自己同時也是堅定而溫柔，無所畏懼的母親。我感受到整個世界在我心中融合，母親與孩子的界限消弭。我感受到，周圍的天使，一起為著小女孩祝福著，小女孩的身體消失，化為光，飛起來了！於是我回到此時此刻，回到現實的桌子，地板，眼前散落雜物的居家空間。

我對死亡的認識是：死是生的一部分，它與生的循環不息才是真實的。而死者身後留下的感慨，留下未亡人的哀傷，留下失怙孩子的孤苦……這都是一份體驗與學習，一份屬於人間真實的功課。如同生與死互為影子一般，榮耀與感慨相隨，幸福與哀傷相伴，依靠與孤苦也在一起。當我開始能夠祝福老去、接納感慨、陪伴哀傷、無畏疾病、關懷孤苦……我也開始，與死亡有了溫柔的承諾。

透過書寫，我走了一趟內在療癒旅程；我用深情凝視自己，曾經發生過的一小段，與女兒之間的衝突對立。那的確帶來傷害，隨後帶來愛的行動，隨後帶來療癒……這不就是，生命讓我們學習的歷程？療癒發生得如此快速，我感謝一路，有神的祝福與教導。

註1：這是一場類似心理治療的過程，只不過我自問自答，提出問題後，我閉上眼睛，沈入潛意識，捕捉視覺意象與話語，用此來陪伴自己。

註2：這不是我童年的記憶，我無法詮釋，就是如實地記錄。記憶的出處在此不論斷，重點是，透過這歷程，心得到平復。

打開恐懼的盒子

原來是記憶的恐懼盒子打開了。這記憶不曾被壓抑、潛抑或以任何方式藏起來過，只是，一直用理性化的方式處理。

生命在一九九六年曾遭受意外，夜半時分，我被闖入的陌生人襲擊，沈著與運氣讓我逃過了威脅性命的一劫。而這記憶，被我用盒子裝好，靜靜放在角落。直到二〇〇五年的十一月，收到一封很平凡且安全的e-mail，我卻莫名地感到焦慮、煩躁，頻頻質問老公，何以將那個人介紹來找我。無預期地，煩躁轉移，我頻頻拒絕各方邀約，擋住所有陌生人對於我能幫他的想像與期待。疲倦至極，我開始落淚。

大腹便便，即將生產的我，不明所以就淚水無理由地滑落。老公認定我是懷孕末期荷爾蒙的作用，對我相當溫柔。我心裡明白不是荷爾蒙這回事，一定另有源頭。心裡翻攪幾天，覺得疲累、委屈。我決定，「不沈溺了，做點事吧！」我試著用水晶擺確認內在情緒的名字：不只是委屈，還有別的。那是什麼呢？忽然意識起方才翻攪的片段記憶裡，有關於十多年前被襲擊的往事，於是我問水晶擺，「那是恐懼嗎？」不用水晶擺回答，當我念出恐懼的名字時，心跳與深呼吸同步確認了恐懼的存在。

原來是被恐懼襲擊了，原來是記憶的恐懼盒子打開了。這記憶不曾被壓抑、潛抑或以任何方式藏起來過，只是，一直用理性化的方式處理。在事發後，恐慌不安全焦慮了幾個月，當一切恢復平靜，我搬家遠離之後，再也沒有以情緒或身體的形式回來過。而這次記憶以情緒身體的經驗形式回來了。

了解之後，因為夜深了，沒再做處理，就進入尋常的睡前程序。隔日反省，發現這種時刻，特別焦躁、挑剔、黏人。然而在夫妻互動的經驗裡，一旦我變得焦躁、挑剔，老公就會變得容易疲憊嘆氣冷漠走人或早睡。但我偏偏在這種時刻最黏人最依賴，於是演變成委屈又一次次湧現，孤單鬱悶到不行。

三歲半的樹兒在這樣的暗潮裡，表面上還算不錯，但他心靈無法平靜，所以一直睡不著，在爸爸睡著後，還賴我黏我，撐到兩點才酣眠入睡。我也終於可以卸下責任進入夢鄉。夜夢裡，出現複雜的象徵意象，眠淺，各種童年道聽途說的恐懼念頭或意象浮浮沈沈。

醒來後，看看行程表，檢查情緒與身體狀態，發覺自己還在抗拒過去情緒襲擊的冷漠裡，身體則是沈重而無力的。幸好，給樹兒的溫柔與專注沒有減少，照顧孩子的需求反倒讓我留在現實裡，保持活力。只是，複雜的內在需求依賴無門，老公行為表現出他無力照顧我如此沈重的情緒，於是我接受自己得獨自處理。我打了電話請辭下午遠方的行程，開始坐下來為自己做些什麼。

先用簡單的十四經絡敲擊檢查身體的情緒能量（註1）。敲到廣效點，也就是與恐懼或過度緊張防衛有關的情緒時，淚水開始猛掉。原來，當情緒能量抒發時，淚水就能出來了。敲到手掌側緣，與內外衝突或抗拒相關的能量時，淚水也不少。

於是我再度確認自己卡住的焦點，找個安靜的房間，用TFT（註2）的方法幫助自己。選擇了恐懼的情緒，依序按步驟，仔細地往下走。覺察被恐懼淹沒，1至10的評分法，竟然破表，意象裡出現被烏雲籠罩的黑色身體。手放在正確的穴道上，卻無法行動。這時覺察了孤單，好似這個事件發生至今，每回，最能支持自己的還是自己，身邊的人雖挺身相向，但所踩的位置不是不同理就是不夠深，貼不到最核心處。如同今日，宗展陪著樹兒，我陪著自己。於是我讓自己腳踏實地，與大地連結的能量，讓自己一部分站得更深更穩，方才有勇氣開始行動。

TFT有個關鍵步驟在於邊敲擊邊唱歌，那是整合意識與情緒能量的過程，若真的與情緒相連，在此步驟經常會找不到歌唱，或唱不出歌來。神祕的是，一旦唱出歌來，往往對於情緒底層的記憶連結，有很精準的領悟。

我第一回唱的是《寒流》與《包青天》。那是童年裡莫名吸納的恐懼碎片，每回大人們看電視時，我總要躲在棉被裡不敢聽主題曲。唱歌時，所有與死亡相關的道聽途說，迷信的碎片，也一一浮現。今日就一併清除了。

第二回則唱出了孤單的意象，意識裡清楚浮現事件發生後，當時的男友無法支持，反倒將憤怒投射至我身上的記憶，以及父親風塵僕僕騎著他的越野機車跑來看我的感動與失去父親的悲傷。忽然洞察到，也許第一段愛情的終止，就在這時間點上。孤獨若被看清與接納，其實是很有力量的，一種與存在力量合作的意識。

完成步驟以後，主觀評分說恐懼降至2。內在意象的烏雲則多了個金砂灑落的畫面，猶如雲門舞作「流浪者之歌」裡，那個被金光籠罩，落米如砂的修行人。我的頭頂也有那樣的金砂，一點一滴地，撥開烏雲，持續淨化著自己。我的恐懼得到淨化，光進入多年陰暗的角落，一點一滴，將完整的我帶回人間。

生活還是如常前進，與老公和孩子一起吃午餐，然後出門。當我一個人載著孩子奔跑在新竹街頭時，連番的呵欠襲擊，勉強維持張眼與開車，耳鳴斷續，聽清楚話語得費神。到了婆家，穿上角色外衣，呵欠消失，耳鳴也停止，又如尋常般的運作。直到獨自開車，呵欠與耳鳴再度回來。我明白自己情緒淨化的工作尚未結束，最好乖乖回家睡覺或放空，認真喝水或使用精油，別逞強負太多責任。

樹兒不是別人，樹兒的天真讓人自在，於是，我即使開車載他，我的身體也出現真實的狀況。在婆家，我的社會功能正常，披上責任外衣以後，身體需求又退到第二層，於是我明白了平日不愛沒心理準備就被人靠近的理由。原來我是如此敏感，一旦有社會責任，身體需求就會被擱置一旁，習慣性先照顧別人。真好，我請了假，否則高速公路獨行，不曉得會發生什麼狀況？

回家，淨身、喝水、睡覺。醒來後呼吸綿長舒適，頭腦清晰純然，能量流動暢快。頭上的金砂意象依然在，烏雲非常緩慢地減少，而我，書寫了這段文字。我相信真實的經驗最能使人學習，因而記錄下來，與朋友分享，閱讀這經驗的朋友，盼你們抱持著尊重之心。

隔天，我好奇，心像裡金砂灑落帶來的療癒光芒，怎麼只環繞著身體周圍？看起來我還籠罩在黑暗裡，只是身體周圍有一層隔絕黑暗的金光。身體情緒其實還處於一種虛脫的脆弱狀態。

傍晚去接樹兒，開車時孩子說：「我想念阿嬤——我的夢想就是一直留在阿嬤家不要回來。」我提振精神，仔細聆聽，整理出孩子的意識流動。他說：「我昨天晚上不快樂，我覺得在阿嬤家工作（註3）比較快樂。」「有阿嬤陪我，阿嬤沒空還有阿姨陪我，阿姨沒空還有阿公陪我，阿公沒空還有阿祖陪我。」（真好，這麼有資源的大家庭。）（而我們的小家庭，兩人當機就沒有第三人了。）聊啊聊的，孩子確定了，「在阿嬤家工作是快樂的。」「回家也是快樂的，除了昨天晚上。」「可以在阿嬤家睡覺，就是夢想實現。」

於是我們說好，找幾天阿嬤同意，讓他夜裡留在阿嬤家睡。我心裡有失落，有警惕，也有竊喜，其實夫妻渴望夜裡獨處時光好久了。一邊也驚訝，敏感而會表達的孩子，只有一個晚上我的情緒能量出狀況，他就有反應。

夜晚時光如常前進。深夜，老公孩子都睡著了，我卻睡不著（失眠之於我相當罕見，十年一次吧），雜念紛亂，破碎的意象與記憶亂飛。試了各種方法都睡不著：能量運動、自我催眠、乾脆醒來寫講義累了再回到床上——這些方法都沒有用。三點多，我覺察到自己渴望與人對話，釐清我的異常內在。我雙手握著宗展的手，終於能夠流淚。我掙扎著是否叫他起來陪我？這時樹兒忽然坐起來，眼睛圓亮：「媽媽，你幫我擦鼻涕。」擦完鼻涕的樹兒翻身就睡。宗展翻身問，「你沒睡？」並主動握住我的手。那是一種很神祕的陪伴，溫暖的手握著，放鬆的身體靠著。方才所有的紛亂都沈澱了。話語輕輕訴說，宗展很存在而放鬆（也許還是惺忪的）的聆聽，卻有一種深刻的連結。所有說出來的故事，都與我的內在連結，眼淚流出來，內在就清理乾淨了。心寧靜下來，人越來越放鬆。很快地，淚水清空了，自己也就入睡了。

在宗展的聆聽下說話，才明白，原來我沒走過的不是恐懼，而是「失落」。我哀悼因這事件而失去的信任感，安全感，以及因此而有斷痕的愛情。

隔天一早，我的快樂回來了。原來，陪伴就是這樣。

註1：此方法從《Energy Psychology》、《學會情緒平衡的方法》與《敲醒心靈的能量》，三本書整合而來。

註2：思維場療法，參考《敲醒心靈的能量》一書。

註3：孩子戲稱，到阿嬤家是他的工作。孩子的童言童語：「媽媽的工作是演講，爸爸的工作是老師，我的工作是去阿嬤家。」

如果生命只剩一年？

三天前，我又答應了一個新個案，直到今天我才清楚，那也是為了自己的罪惡感而答應。

女兒滿一歲的清晨，宗展看著我，說：「你好拚命。」「是的。」我點點頭，眼淚就盈滿眶。我說：「若只剩一年可活，我就是要把這些做完。」

從小，我就能感受到別人在受苦。除了感受到別人的苦，我還能感受到別人的力量與本質。這些明晰的確認，小時候是做不到的，是這幾年的生命書寫與回溯，讓自己漸漸明白，童年時，許多無以名喻的整體感受。感受到別人的受苦，除了讓我天生就有同理心之外，還讓我，不由自主地想要為別人做些什麼。我會本能地感知別人的需求；無心地，就放到心裡；沒有許多自由地，就想為人家做點什麼；當我知道自己無法做點什麼時，還會有罪惡感。這是童年的生存模式，用感知家人，心疼他們，為家人做事，來讓自己獲得生存的保證，這是童年時，我潛意識許的諾言。

這陣子，我每天都拒絕許多邀約：個案、工作坊、演講……我越來越清晰地知道，我得把時間留給自己，直到自己能量夠穩定而強壯，才能再次開放。

前一陣子，我不小心接了份遠方的演講，答應後我就覺察，「我因古老的罪惡而無法拒絕。」既然答應了，還是得勇往直前。我用了許多時間準備，將一份「因罪惡感而答應的許諾」，轉成「為了自己能量而做的行動」。因為那次的失誤，讓我這陣子，在拒絕各種邀約（誘惑）時，更堅定意志。

三天前，又答應了一個新個案，直到今天我才清楚，那也是為了自己的罪惡感而答應。我跟自己說：「這一年，這是最後一個新個案了，因為這銘記烙印，我不會忘記。」所有的拒絕，都是為了自己的能量而服務；我的能量，要學習：「由愛而出發而抉擇」，不是「由恐懼出發而抉擇」。

最近，我深層的渴望，由愛出發的動機，我要整理出這幾年的專業心得。我寫故事很快，但要整理專業心得卻很慢。開創一個新領域的書寫，得除草，得整地，得慢慢地熬，等待胚芽突破種皮的時刻。我許諾，為自己，如果只有一年，我要，至少，完成整地，播種，並發芽。

因為認了死的必然，我活得很拚命。並練習，在拚命中，不折損身體，不浪費能量，不錯過與家人的相處。所以，在晚上與家人共聚的時間，我的時間如灑金粉一樣，漫天揮霍，散漫隨興而專注。在白天一個人獨處工作時，我專注而精準地，筆直往一條路前進。

電腦泡水記

我在這台筆電一年多來所有的書寫檔案，全都是空的！
數不清的日記、記夢、思考、信件、講義、故事——都消失了。

二〇〇五年五月，我的筆電進了水。少少的水擦乾之後，我想沒事了。傻傻的開了機，恍惚中發現模糊的螢幕，才想起短路的危險，匆忙關機，但已經來不及了。我的寶貝SONY VAIO就這樣短路了。筆電公司說台灣修不來，要送回日本原廠，來回時間要以月計算！

收我筆電的工程師，用一種非常同情的哀悼眼光看著我，讓我想起我需要的心疼。我買的是最頂級的好筆電，卻被我傻傻的笨笨對待。

對於物質的損傷我其實有些恍惚，一如我歷年來遺失的好東西。曾經在騎車時掉過兩次背包，書籍、錢包、證件和私人紀念品一去不復返。三支手機結束的命運分別是：被丟入水杯、掉入馬桶、進洗衣機清洗兼烘乾。前兩台手提筆電都是被摔壞的（華碩、IBM）。還有我當高中老師時，燒開水沒關火就出門上課，在租來的房子裡，就燒掉過一個廚房，賠了不少錢。經常迷糊而失去財產的我，總以為，人只要活著，所愛的人健在，就值得感天謝地。

筆電送日本前，我拜託那個看起來頂級聰明的優秀工程師，幫我把檔案救回。我信任他的專業，自己什麼都沒管，直到打開那片檔案光碟時，我忽然心跳加快，被不祥的預感籠罩。嗯——我在這台筆電一年多來所有的書寫檔案，全都是空的！數不清的日記、記夢、思考、信件、講義、故事——都消失了。那一瞬間我真的很想哭，打長途電話找到去日本旅行的老公，撿到機會撒嬌哀嘆一番。

神祕的是，面臨如此重大損失，我表面上唉聲嘆氣，而心靈的底層卻是穩定的。因為我信任，這樣的損失也可以轉成正向的意義。這陣子，我許多的概念正在轉換，換成比喻，像是讓我在空白的紙張寫字，遠比找到舊有的文字剪貼更完整而有創造力。

失落的是長期書寫在文字裡凝聚的深情。我跟自己說：「是的，那樣的深情再也找不回來，我接納。一如我遺失在被拆的老家裡的童年日記與玩具。」

好深的失落、卻又懷著好大的感謝，感謝老天爺讓我經驗這樣一次失落，純然靈魂的失落，舊自我的失落；我學會了珍惜與哀悼，而所愛的人在今天沒有折損。

至於我那恍惚的傻動作，既然一再重複發生，背後在說些什麼？那反映了我「天真者」

的樂天派，對於物質世界總是懶得管；而精神經常浸泡在內在心靈。再一次，我物質與精神的尚未平衡，又透露出來。

舊我與新我的交接

我知道，那個乖巧怕痛的小女生，我剛完成與她道別的儀式。

我又去剪頭髮了，為什麼？為什麼？好多人問。我跟設計師說：「因為我決定不留長了。」（這幾年的習慣，都是剪短﹝耳根﹞再留長﹝腰﹞的循環。）心裡的情緒是，長及肩膀的髮，吹起來很久，頗累。我頻頻說：「好難想像，以前的自己怎麼會有耐性吹頭髮？」很深的心底知道自己正迎接一個「不知是什麼」的變化。靈性治療師Caroline Myss在部落格這樣寫：Change is constant. Learn to go with it's flow, whether it's peaceful or difficult.（改變是恆常的。學習跟隨著生命的流走，無論它是平靜或困難。）我感覺自己的內在一直在改變，而這回，是個大改變。

完成後，太短的頭髮嚇我一跳，頗不習慣，因為太信任設計師了，我只顧看書，一抬頭已來不及。開車接樹兒下課上車坐，後座的他說：「我比較喜歡妳以前的頭髮，現在的你看起來像男生，只有我心裡知道你是女生。」（他傳神地形容，外表看起來是男生的表象，原來認識我的心，還記得我是女生。）下車時他看到正面的短髮，掩面尖叫：「我不喜歡。」再一次重複：「太短了，我喜歡妳以前的樣子。」我覺得樹兒掩面尖叫的樣子很像國王的新衣，我自己的心意和看法與孩子相似，我也比較喜歡自己以前的樣子；但更深的自己知道，某種死亡與新生，正悄悄的發生。

剪髮前發生什麼事？昨天我認真思考，「如何讓孩子開放地迎接改變？如何讓孩子學習與不舒適平靜共存？」我尋思：是我自己隱藏了軟弱，怕痛，敏感纖細，怕不舒適……孩子在我身邊，若想更強壯，我應該可以做些改變吧！

於是，我跑去穿耳洞。穿耳洞，放在心裡好久的願望。三年了，一直沒有去，因為怕痛，怕發炎。當穿著鼻環的小姐問：「你確定要穿喔！我跟你說要怎麼保養……」我止不住想逃。心裡一直想，下次再來好了，可是我知道自己若逃跑，下次也不會再來了。我看見自己的謹慎性格，我不讓自己冒險，不讓自己暴露在不需要的痛楚，不讓自己沒事做新嘗試。於是，冒險的心就這樣被包裹起來了。這次，我想要打開，讓刀進來。冒險的心，想出頭。

小姐問：「怎麼年輕的時候沒想要來穿？年輕人什麼都想試試看啊！」我的內在浮現非洲婦女耳洞、鼻洞……的種種儀式，心裡回答，是啊，我的確沒有成年儀式。回想青春期，第一次月經，得偷偷摸摸地，深怕弟妹知道；生產經驗也是，剖腹產的我被動地經驗著痛，沒機會體驗自然產的痛。這一次，能算是儀式嗎？還是宣告，青春已逝？

頂著剛出爐的耳洞，我去剪髮。在鏡子裡，我看到一根鮮明的白髮。超級亮的銀白色，這是生平的第一根白髮耶！我用一般女性進入青春期的行為，作為宣告青春告結的儀式！

真是有趣啊，心裡呵呵地笑著。朋友們看了我，說：「像小男生。」我知道，那個乖巧怕痛的小女生，我剛完成與她道別的儀式。我跟朋友說：「請叫我新的名字：Mali。」我的名字是Mali，不只是新聞台台長名，而是被呼喚的名字；這名字，來自於AGNI和SAIBABA，召喚生命本質的真名。

「Mali」，比「理書」大，「Mali」是外向的，穩穩在中心，朝外展開，「理書」是內向的一直往內走。生命，就此，轉向一個新的起點。

霍爾的移動城堡

在電影院裡，當老婆婆蘇菲一現身，沙啞的聲音卻顯露出詼諧風趣的活力時，我一下子就懂了，懂我這幾日無法明瞭的自己。

自小，閱讀是帶我飛翔的翅膀。閱讀讓我超越小鎮生活的限制，現實無奈的沈重；閱讀也是小小的階梯，我一步步爬上更高的瞭望台，探問生命更大的可能。沈浸於閱讀的同時，我也遠離童年家庭的生活形式，以吃食與人際交流為主的義大利風格家人。那遠離有時像是一種背棄，輕生活而重心靈。

這幾年透過生養孩子的歷程，我一步步回到原來的出處。由於和妹妹一同懷孕，我們倆得以一起分享懷孕待產以及育嬰的點滴。妹妹世俗知識的豐厚相較於我的貧瘠，妹妹購物流通的善舞相較於我對於採買生活的樸拙。於是我看到自己讀書人的蒼白；即使在心靈上有翅膀飛翔，落回生活裡的雙腿卻是纖細無力的。這樣的姊妹開始緊密的結合成一體，我們家大多數的育嬰用品透過妹妹的訊息或委託她採購，而我和宗展則每週回去，把我們與孩子相處的耐性與溫柔分享給兩個孩子，妹妹的兒子和我們家的兒子如同兄弟般一起長大。

落實回生活的我漸漸有了結實有力的臂膀，更渾厚落地的雙腳，一雙能勞動的手，一雙眼睛看到的盡是生活裡務實的需要。我開始回想起歐巴桑的身影，原來那身影刻劃在我心裡多年了。檔案夾裡，存著我八個月前的手稿。

這樣的身影經常在我心裡盤旋：
可能是裹著厚厚紅色花毛毯背孩子的婦人，
拚了命擠上火車，因為身體的巨大，不好意思的連連說抱歉。
火車上沒有負擔的乘客們也許會看她一眼，背上嬰兒紅通通的臉也許酣睡著。

而我當媽媽的身影如何？
大包小包有老公提著，我可以溫柔妥貼抱著孩子，還有閒欣賞他睡覺的憨態。
即使獨自回娘家，我也是開著車，車子裡有自家的音樂，
孩子衣服上柔軟精的香味，衣服尿布奶瓶玩具……
我的家跟著我走，俗世的喧囂、人群的汗與黏膩沾惹不到我們。

我喜歡這樣過日子，猶如上乾淨明亮的百貨公司買菜，在音樂燈光下悠閒的漫步……而
記憶裡兒時買菜的經驗則不同。
手被爸爸大手牽著，雜貨店老闆有歲月的臉與爸爸說笑著，
燈光下紅色瘦肉與白色肥肉在老闆油膩的刀下被解體，
魚販攤上的蝦蟹貝類在水的流動下偶爾還會跳動，

蹲在地上的菜販則有泥土的味道，親切與謙卑的笑容；
還有路口要錢的老人、瘸著腿或呆滯著眼神……

去一趟菜市場，雜著魚腥味的人氣，混合爸爸爽朗的笑聲，
還有市場討生活的熱絡和活力……所有人間的味道與顏色都要再被翻攪一次，
但也溫熱了一回，不似超市裡的冷調。
這兩個世界都在我身體記憶裡，在我當媽媽的時候，時而交戰，時而和睦相處。
我很想讓自己更融合那種有力道又憨厚的歐巴桑本質，
卻偶爾也耽溺在自以為菁英的知識力量，或美好生活的消費追求。

樹會穿麗嬰房的上衣配上二十五元的市場牌短褲，和我去百貨專櫃玩樂高或捏黏土。
我會有孩子好像不夠體面的尷尬，卻又會自在地陪樹玩很久很久，一如他眼睛裡的坦然。

我會練習不開車帶孩子坐火車，笨拙的背大行李又抱小孩，
只想證明自己也許能擴展過於嬌嫩的格局。

看著肩膀因行李摩擦而起的紅色傷痕，卻有一種對自身肯定的驕傲。

以前只能在咖啡店用電腦沈思團體的我，現在隨處蹲著有張紙就能設計課程。

雖說忙於生活常常讓我焦頭爛額，

但養出來的壯碩精神體質，則是任何心靈訓練都無法達成的。

這是老天爺給所有媽媽的禮物。

能夠敞開生活，投入物質，而不會因為沒有閱讀書寫，沒有思考而匱乏感的日子，是需要灌注在自己身上而又能專注在事情的。所以我一直在思索歐巴桑與少女有何不同，而我探問的則是兩種女性形體整合後，我要的是什麼？前日看了宮崎駿《霍爾的移動城堡》，電影裡少女與老婦變身的交疊，忽然解答了我的疑惑。

在《霍爾的移動城堡》裡，女主角蘇菲是一家帽子店老闆的女兒，平淡而規律的生活，日子裡最大的興奮，大概就是坐在縫帽子的窗口前，看著眼前市集的人來人往了。一個堅守著死去父親事業的長女，將青春活力與夢想都給壓下去的少女。

但那是個動亂的年代，小國與小國之間動輒戰爭的愚昧和市井小民生動活潑的生命力共存著。那也是個有魔法師、巫女行業的年代，如同其時代背景一樣，魔法師和巫女也有愛好平淡過日的，也有愛好權力想要成為宮廷魔法師的。

在這樣的背景下，蘇菲與年輕漂亮的霍爾相遇後，卻被年老肥胖的荒野女巫下了詛咒，變成九十歲的老婆婆。而蘇菲神奇的旅行也就此展開。

變成老婆婆的蘇菲披著披肩坐在床上靜靜思索一夜，隔天她就帶了一小塊乳酪出發去流浪了。逗趣的畫面裡，她每走一步就喊「好痛」，但她低聲呢喃著：「變成老婆婆之後好像就什麼都不怕了。」「好像一些壞念頭也起來了」。老婆婆蘇菲活力充沛，能大聲憤怒，能罵人，能指使人，什麼都不怕，使她爬上傳聞中會吃少女心臟的霍爾城堡，就此與霍爾生活在一起，成了家人，最後成了愛人。

這樣的影像與少女蘇菲有著陰暗與明亮面的對比。少女蘇菲蒼白壓抑，客氣有禮貌，心裡明明不願意接納就此一生無趣的帽子店命運，卻無力反抗。帽子店待久了，連出門都害怕。外頭戰亂以及壞巫師的可怕傳聞，讓少女蘇菲注定只剩下一個小窗口與外在聯繫。

在電影院裡，當老婆婆蘇菲一現身，沙啞的聲音卻顯露出詼諧風趣的活力時，我一下子就懂了，懂我這幾日無法明瞭的自己。

原來老婆婆最不怕的就是「自我形象」，生命能活下去就是恩賜，管他別人怎麼看。於是，老婆婆無須顧忌禮貌而收斂神色，無須為了吸引人而故作姿態……對於人性裡的小貪心小欲望小邪惡，老婆婆還頗能有自覺地節制，又風趣地表現出來。老婆婆那樣的潑辣爽朗又處處善良觀照人的形影，原來是我童年裡見識到最多的婦人身影。那是東方女性壓抑半生後展開筋骨做自己，卻依然活在人間給予關照的典範。

而老婆婆也有害怕，老婆婆怕就此死去，就此老去，無法解開咒語換回少女的身形。是呵，宮崎駿的蠻橫老婦同時擁有一顆戀愛的羞怯少女心。能同時蠻橫又羞怯，同時潑辣又節制，同時粗俗又細緻……那是多麼有趣呵。

我的童年，靠著閱讀的翅膀飛得很遠，要返歸回家的我則要靠雙腳走回去。我深呼吸著動畫裡蘇菲少女與蘇菲老婦的交疊身影，一步一步背著翅膀走路回家。

從《棋靈王》中尋找自己

父親離去時，我成了孤兒。表面上，我接納且真心哀悼，但深層的無意識裡，我抗拒否認憤怒絕望。

二〇〇六年年底，我們家迷看《棋靈王》VCD；七十五集的VCD，花了大約三十天看完。一開始還節制一天只看兩集，後來情節迷人，忍不住超速。七十五集的VCD放完了，還眷戀不捨，忍不住，去找了漫畫再看。

《棋靈王》是日本動畫，說的是下圍棋的故事。主角是進藤光，一個個性衝動的陽光男孩；進藤光的好友兼對手則是塔矢亮。塔矢亮與進藤光同年，圍棋世家出身，是戰無不勝的少年棋士。

不懂圍棋的進藤光，小六那一年，在爺爺家的地窖裡遇上一古老棋盤，住在棋盤裡的千年幽魂——藤原佐為——從棋盤現身，別人看不見，只有少年進藤光能與之相通。佐為，畢生以達到神乎其技為夢想的平安時代棋士，因為執著，所以死後靈魂還寄居在棋盤裡，等著有一天能繼續下棋。一千年的等待，曾化身以秀策的身分下棋，秀策死，他繼續寄居棋盤等待下一次機會，終於他遇上能與之連通的進藤光。佐為央求進藤光帶他去下棋，那也是進藤光認識圍棋的開始。

何種因緣讓我走上傳遞知識的路？在文化局的演講會場，我覺得自己講得真是流暢。流暢的意思是，覺得自己位居中間，前方是聽眾，後方是我預定的主題與方向，還有許多先人的智慧。而我，是個通道，用自己的人格習性與能力回應聽眾，傳遞這世界累積的智慧。我像是傳承與管道，使用身體當作通道，讓生命河流通過，讓知識流出去，用自己的語言詮釋，將生澀的心理學或心靈學知識，轉譯成歐巴桑也能懂得的市井語言。

我是誰？我成了一個故事人，聽故事與說故事。「當初為何走上這條路？」在觀看《棋靈王》的同時，我心裡經常想著，我自己也好奇著自己的夢想與抉擇。

塔矢亮有個擁有圍棋名人頭銜的老爸，很小很小，他就嚮往職業棋士這條道路。四歲的他問爸爸：「我有天分嗎？」爸爸說：「我不知道。但我知道你比別人認真，而且你喜歡圍棋。」塔矢亮一生只追求圍棋一件事，努力不停止的腳步，堅定不移，如拿刀筆直向前看的武士。

進藤光一開始像是被佐為纏著沒辦法，只好幫他擺棋子，完成佐為的心願。後來，他從塔矢父子下棋的氣勢中，胸中對圍棋的熱情被啟動。他對自己說：「有一天，我也要跟他們一樣的下棋。」然後開始在佐為亦師亦友亦父的陪伴下練習圍棋，以追趕塔矢亮為目標。進藤光在動畫裡被塑造成有天分的孩子，在胸中熱情被點燃發光後，以驚人的腳步成長（這幾乎是日本勵志漫畫的英雄原型）。

走上夢想之路的我，比較像塔矢亮還是進藤光？從小，身邊沒人看見我，只說我乖，沒人說過我有什麼天分。從小，身邊沒人示範，我不知道有願景、夢想，甚至是生涯規劃。但在生活裡，我看出父親有技藝天分，他的手巧、音樂與藝術長才，昭然若揭。我感受母親在人際上擁有一種魅力，渾然一體的同理心，對人熱情好奇的本能。

小時候是放野長大的，下課後唯一的責任就是玩，沒別的期待。我帶著弟妹們玩，設計各種遊戲，調解五人間的糾紛，這是我童年的修行。（五個兄弟姊妹前後只差六歲，像是個小型組織，合作又爭寵，複雜又熱鬧。）

長大後我會是什麼樣子？我未來可能是誰？我一點概念也沒有。記得我童年早期最多的幻想，是找個相愛的人，相守一生。感受金錢拮据，羨慕別人當老師的母親經常跟我們說：「我們家沒錢，你們以後要靠自己。能讀書我們就盡量供應，不讀書就去工作。」能盡早不花父母的錢，是我童年最早的許願。

進藤光與塔矢亮相遇了，最早，塔矢亮追逐進藤光的影子（塔矢亮遇到與他同年的進藤，被他精湛的棋藝震懾，他不曉得那局棋其實是佐為下的）。佐為強大的氣勢與圍棋亮光，讓不曾在同年齡遇上對手而倍感空虛的塔矢亮燃起熱情。後來，當進藤光自己與塔矢對弈，由於功力落差過大，塔矢失望憤怒地離去。進藤光發誓追逐塔矢亮：「有一天，我要讓你看見我，不是佐為。」塔矢亮前進的背影，讓進藤光凝聚了精神，開始不冒失，也不閒散了，他每日精進練習圍棋。

我從什麼時候開始不玩耍，開始精進？

小時候念書是不小心的，因為功課不錯，沒想太多就繼續升學；想考師專或想考台北工專都沒上，只好念台中女中；選系別也不清楚，只覺得過於多愁善感，所以選了理性當家的物理系；選擇師大是因為家裡沒錢；出國念書，只是跟隨男朋友的夢想而行。

我的前半生，是一場又一場的適應和發現。鄰里間沒有大學生的社區，我從沒想過，自己會因為念書，而走得好遠。我一次次遠離，員林小鎮的家，台中女中的教會宿舍，台北大學的學生宿舍，美國堪薩斯小鎮的木屋……很奇妙地，越走越遠，我反而越覺得身邊的人與自己既遙遠又彷彿來自是一國（如同進藤光進入了職業棋士的世界）。

即使這樣，我精進的開始，要從父親驟然去世，我與苦難相遇開始。愛我的父親離去，巨大的哀傷成為黑洞。心靈深處，我渴望追尋父親而去。

朝死的動力反倒促成探索心靈世界的熱情，進入心靈深處尋找父親，猶如進藤光追隨佐為走上棋士之路一樣。對父親的愛與哀傷，使我與靈界或精神世界，連上了線。

書上說：「死去的親人，還活在我們心裡。」我感受得到嗎？怎麼父親在我心裡引發的記憶都是悲傷？後來我明瞭，那是因為對父親的死有抗拒，所以愛的記憶成了哀傷。「怎樣才能真的感受到父親『活』在我心裡？」這股動力，讓我勇敢精進地往內走，越深的心靈越觸動我，無論黑暗熱油或刀山，我都去。

《棋靈王》演到六十集時，佐為悟道成佛；他化為光，升上了天空。天真的進藤光不曉得這件事，他一覺醒來看不到佐為，他沒想過佐為會離去。他在日本各處，到處尋找佐為。

那幾集我帶著淚水看。心裡深切感受，那種找一個至親的人，明知找不到又不肯放棄的心情。

進藤光找佐為找了好幾集，為此他失望抓狂憤怒，放棄哀傷自責，最後他甚至不允許自己下棋。他說：「一定是我不肯讓佐為下棋，他才離開的。」直到某天，因為對朋友的重義，他在心裡跟佐為道歉，重新下棋；在下棋時，他忽然感受到佐為的「在」，他驚呼：「佐為原來活在我下的圍棋裡！」他從下圍棋感受到佐為臨在的光與熱情。於是，他發願：「我要繼續下棋，一千盤，一萬盤，我都下。」

這幾年走心靈探索，時間經常在「回顧」與「說故事」間來回。過程裡，我意識到父親「活的新方式」：「父親原來存在我的心裡，而我得一次一次，讓他被我活出來。」說故事與寫故事，成為我感受父親臨在的方式。

當佐為在的時候，進藤光天真而幸福；無論做什麼，去哪兒，佐為都跟著。每天每天，進藤光跟佐為下棋；在棋賽休息時，佐為陪他做體操。

在佐為離去後，漫畫版本的進藤光，在與韓國交手的圍棋賽，由於對手凌厲的攻勢，進藤光挫折，心生放棄，一開始他的念頭是：「沒有佐為，靠我一個人無法繼續下去。」後來，他認了，精神振作，他對自己說：「是的，現在，我只有一個人。」他奮戰起來，拚死苦戰，一局頹敗的棋起死回生，幾乎贏了棋。

當父親在時，我無意識於他存在的意義。我無知地安穩幸福著。當父親離去時，我成了孤兒。表面上，我接納且真心哀悼，但深層的無意識裡，我抗拒否認憤怒絕望。這不曾癒合的傷口，在進藤光失去佐為又再次站起來的歷程，我因感動而流出溫暖的淚水。

這十幾年來，我用說故事，說父親的故事；聽故事，聽別人的困難故事。我一次一次，出入深層的心靈幽谷而回到陽光下。

在心靈裡，進藤光住著佐為；在現世裡，進藤光棋逢的對手則是塔矢亮。在我心靈裡，住著父親的存在；在我的現世裡，與我棋逢相遇的則是宗展。

我們的棋局，是在「做自己」與「共組家庭並相愛」間尋找平衡。在自由與愛的議題間尋找平衡與契合。我們的棋局，是如何攜手將愛傳出去，愛樹兒與昕，以及與我們相遇的學生和孩子們。

我的助人工作，如果真的形成一獨特而成熟的個人風格，那一定源由於我生命的特殊際遇。助人的風格，是逐漸成熟的，而助人的角色扮演，則隨著生命的腳步而移動：曾經，我以女兒的角色陪伴父母；曾經，我以物理老師的角色現身在學生面前；曾經，我扮演聆聽和引路的諮商員；曾經，我是陪案主出入人格內在的治療師；曾經，我是傳遞探索心理學知識的演講手；曾經，我開始書寫生命故事，將日誌公告在部落格，成為版主。

原來，這些都是生命的過程，包括與父親的深情以及哀悼父親離去。這些過程，鋪陳出我生命朝向成熟，成為真實的自己。

在我心裡，進藤光與塔矢亮還活著，他們一直在下棋，他們繼續長大。曾經投注過濃厚熱情感情的記憶，成為心中的另一種活。活著，為了與人相遇，與所有，同在這世間，帶著相同熱情的人。

進藤光與塔矢亮相遇了，胸中的熱情是為了與累世的追尋者相會。進藤光用下圍棋，一次次與天上的佐為相會；在圍棋的路上，進藤光承襲了佐為，繼續點燃每一個對手的熱情。

我用深度生命書寫，一次次與地下的父親交融。在生命書寫的路上，我，是其中的一位傳承者，我們將光帶入原以為無望的生命幽谷。然後寫成故事，傳出去。

摺被被看見自己

原來，世界萬物，都是療癒的媒介，
只要，我們緩慢下來，與之共鳴。

這輩子之前的歲月裡，起床後摺被被的經驗不多，若有點印象，可能是師大女生宿舍，應付舍監檢查的例行公式吧！在美國念書時，由於住的地方窗口太美了，所以我會整理床鋪，讓臨窗的空間美麗好看，呼應窗外的景色。

怎麼會心裡沒有摺被被的「應然」呢？因為，小時候沒有被這樣要求與規定過。孩子眾多，媽忙不過來，我們儘管玩，也很少被要求什麼。有客人要來時，媽會說：「我們來打掃吧！」床鋪會因此被打理得整齊。因為家裡亂而不愛客人來訪，是媽媽的心結。

我現在的家，不常有客人來訪，是因我有心靈潔癖，身邊都是家人時，內心很安寧而自在，身邊有非家人的存在時，我難免因心裡的「應然」，為他們忙碌失去自在。現在的家，是我自在的居所，它不大卻夠寬敞，它有些亂卻功能完整。這個家，也是不摺被被的。出門時，棉被像保留了前夜的記憶，彷彿還裹著身體的溫度；入睡前，棉被剛好是個窩，鑽進去的感覺很像回家。

直到，有了兩個小孩。兩個小孩喜歡在床上遊戲玩耍，床鋪成了嬉戲的運動場，棉被成了滾動的阻礙。半年前，我就提議要摺被被。「提議」的意思，是想要尋求合作同盟者，希望宗展也共襄盛舉，讓我做家事時不會覺得孤單。但他說：「摺棉被有礙衛生，因為夜裡的熱氣、汗水需要通風。」當時我聽了很生氣，認定他胡謅，他說的也許有道理，但與他的言行不一致。若他重視衛生，他至少出門前會翻翻被子，打開窗戶，幫助透氣通風吧！可是他明明是只接受棉被服務，不曾照顧棉被床鋪的小孩習性。於是，我和他賭氣放棄摺被這件事，把自己摺被被的渴望給擱置了。

直到最近，不知為什麼，每天送完小孩，我會停下來整理房子，回到房裡看見棉被枕頭散亂的模樣，像是看見一家四口昨夜的姿勢與表情，心裡有種珍惜與感動。於是自然動手順平被子，將枕頭安置整齊，也就順手將空間清理出來，讓被被們整齊宜人地躺在床鋪一角。動手時，彷彿聽見自己心裡對它們說：「這樣舒服嗎？」

今天開始，我即將進入工作繁多的一個月，腳步不自覺地匆忙，呼吸些微緊張起來。送完小孩，匆忙準備外出，路過床鋪時，眼角瞥見它們，忽然彷彿聽見自己說：「這樣亂亂的表情，會委屈嗎？」於是，我蹲下來，安靜緩和地鋪平被子，輕柔地整理了床鋪。我帶著感受，像是按摩有生命的身體一般，問：「這樣舒服嗎？」在動作之時，彷彿自己的心，也被撫平了。

我安靜地，想起許多我積欠的報告，沒列印出來的講義；我安靜地，熱了飯當早餐，煮了咖啡，配上甜點；坐在自家窗口，開始一早的閱讀與書寫。我帶著感動的心，與房子同在。搯被被這件小事，透露了這麼長的心旅故事。

搯被被，對我而言，不是為了避開社會眼光的苛責，也不是一個生活的紀律或應然。搯被被，只是因為感應到生命的一體，用同理心，想像被被的感受，透過搯被被的恭敬專心，撫平自己腳步過快的心。原來，世界萬物，都是療癒的媒介，只要，我們緩慢下來，與之共鳴。原來，社會眼光的讚賞或理念上的應然，都無法成為我行為的動力，只有，真實地與萬物呼應，生命與生命的觸動，才是我真實的動力之源。

我的《香料共和國》

一直以為自己帶著榮耀回家，萬不知，
自己才是依賴需求著媽媽與弟妹們的滋潤。

兒子三歲八個月的二〇〇五年，距離女兒的預產期約二十天。老公外出工作兩天一夜，原本說好要帶小朋友來新竹陪我的妹妹也臨時取消。於是我得面對，自己和樹兒母子倆，怎麼過週末的空白。

一直以為，想念表弟表姊想要去南部玩一玩的是樹兒，所以阿姨不來，失落的會是他。誰知他說：「我會想念阿姨的。」接著為自己找了個辦法，「我要發一封信跟她說。」樹兒發完「我想念你」的簡訊就安定下來，沒事人一樣。他很高興，可以有媽媽陪一整個週末，不用去「工作」。

當樹兒的心如此篤定，我的心才彰顯了自身。原來，念戀想回南部的人是我！我想家，打電話跟媽媽說：「想吃你煮的魚。」眼睛很自然思鄉地溼潤起來。也才兩個禮拜不見，就如此強烈。我為自己的情緒好奇著。

上禮拜和樹兒、宗展一起在家看了《香料共和國》的DVD。伊斯坦堡（土耳其首都）長大的男孩，因政治與信仰立場的關係，被迫跟著父母離開故鄉，回到希臘（父親的祖籍）。男孩自小跟在開香料店的外公身邊長大，迷濛的地中海陽光粒子照耀下，滿室的香料芬芳。外公說：「煮肉丸子的祕訣就是要加點肉桂，小茴香味道太外放了，肉桂才收斂，像女人一樣不可捉摸。」男孩聽著外公的智慧的語言長大：「嚐嚐看，這是太陽的味道……」（外公撒了把辣椒），「這是地球——生命的味道」（撒下來白色鹽顆粒）……

男孩與鄰居的女孩互相愛戀。小女朋友提著扮家家酒的盒子到男孩家玩，兩人在閣樓上煮東西吃，男孩用肉丸加肉桂的祕密，換來女孩巧笑倩兮的舞姿。舉家被迫離開伊斯坦堡的那天，在火車的月台上，外公跟男孩說：「過一陣子帶小女朋友去看你。」與爸媽一起來送行的女孩拿著煮食的家家酒箱子說：「這個送你，下回你煮飯給我吃，我跳舞給你看。」（男孩帶著小女朋友煮食的箱子上了火車。）很多年很多年，外公一直沒有來過，女孩也漸漸失去音訊。於是男孩將熱情全部灌注到：「煮菜的美食家」與「天文學」。

男孩就這樣長大了，他成了希臘著名的天文學家，有機會問鼎諾貝爾獎的名教授。天文學家單身、迷人而孤單，直到某個機緣他回到伊斯坦堡，與當年的女孩重逢。男孩用整個生命等待的愛情——還是只能凝聚在永恆的童年時空。

劇終，天文學家在外公香料店的閣樓地板縫隙裡，找到許多香料。夢幻似的香料在他的手下，成了銀河的星雲在空中起舞。依然燦爛迷濛的地中海陽光，男人迷濛的笑，看著遠方的眼睛；注定了，味道才是他不曾失去的鄉愁。

我懷抱著強烈的悲傷看著這一幕，那是我懂得的心情：「最深最深的渴望，若無法擁有，一個童年有愛的人，會將此殘缺凝聚成更大的熱情灌注、散播到整個世界！」那成就是用內心深處無盡的孤獨換來的。

DVD演完，開燈的那一刻，宗展的眼角也溼潤著。陪著全程的樹兒則情感充沛，「媽媽，你的老家在哪裡？」我的老家是我永遠的鄉愁，慌忙中，失散灰飛消失的老家，伴隨著死去的父親，成了心中永遠得不到的渴望。而我那對父親無法表達的愛，以及老家遺失的熱情，投注到了心靈追尋與家的經營。

現在，每兩週回媽媽的家（非老家的公寓）吃媽媽煮的菜，是超級濃郁的好味道。小時候，媽媽只是家裡的二廚，爸爸才是大廚，爸爸的菜華麗而多層次。再也吃不到的味道，隱藏在記憶裡，讓美食對我而言，有比幸福更多的幸福。

一直以為年輕時最大的渴望是與宗展能相守；現在才明白，有一種更深的渴望，在老家房子被挖土機挖掉的那一瞬間，在認識宗展之前的年代，已經填滿了心靈最深處了。那就是，擁有一個充滿陽光，有味道的家。超過兩週沒回去的我，竟然鄉愁起來。面對鄉愁，我帶著樹兒去找味道，母子倆到餐廳點了一大盤清蒸鱈魚，細蔥在油裡的香氣，很接近媽媽的蔥油雞，魚則勉強滿足了每餐必吃好魚的老家傳統。面對鄉愁，我讓自家的廚房充滿味道與溫度，細心煮了精緻的晚餐，和樹兒一起烤鬆餅、做蛋糕——兩天的週末，母子倆周旋在各種食物與味道裡。樹兒說：「今天是十二月四日，我很快樂，因為我不用工作。」

我的廚房與爸媽的廚房差太多，我不會煮魚，不愛油煙，簡單的煮法，同時啟動烤箱、微波爐與兩個火，配料上則使用了各國的香料，是典型留美學子在東方商店買菜磨練出來的廚藝。我的廚房將陪伴著樹兒往前行，蛋糕與全食物的調理機也進來了，帶皮的果汁、自製的豆漿，每餐有堅果的搭配。不曉得未來的樹兒，若有鄉愁，記得的是什麼味道？

我靜靜沈思那個週末的鄉愁，赫然發現：原來，我血液裡有爸媽的味道，回家則是讓那味道能活著的時光。記得離家念大學時，同學們驚訝於我聲音的溫柔與微弱，他們想像著我家的寧靜。但答案其實是，「我的家人都是超級大嗓門。」我是家裡音量最小幾近無聲的大姊。離家發展，用理性與閱讀照亮生命，那是娘家的爸媽與弟妹們罕見的特質。孜孜不倦地啃著書，安靜的思考與閱讀，遇到困難，第一步就是先念十本以上的專業書籍。

這與每天的時光都用來生活的老家，截然不同。老家是：煮飯吃飯說笑玩鬧（除了賺錢以外），孜孜不倦地聊天，喧囂的每日時分，沒有笑聲就有電視聲的老家，遇到困難，街坊鄰居親戚都是最佳顧問。這狂野散漫的本質，原來是我深層潛抑的人格啊——年輕時曾小小的輕視過不看書的人，我同時也卑微著自己的出身。讀書成了我爬離童年卑微暗影的天梯，而我，如此依賴著生命底層的混沌與泥淖，多年不知呵——

一直以為自己帶著榮耀回家，萬不知，自己才是依賴需求著媽媽與弟妹們的滋潤。沒有離開家鄉的弟弟和妹妹煮的菜，與父母是同一源頭的味道。鼻子與身體的本能像鮭魚一樣，得回老家產卵。越接近產期的我，越是以本能活著，即使理性的信仰成了多年的紀律，身體能量還是往下走，回到腹部，回歸腳跟，這兒，是我能量的原鄉。

與柔和的上帝相遇

我看見男孩內在的光，在無法敞開接納他本然樣子的父親與後母面前，男孩柔和的光收斂到很深的裡面。

二〇〇四年的深秋下午，與一個小男孩一起工作。一個有大門牙，大眼睛，害羞的原住民男孩。小男孩一見面就和我親起來，指著他兩門牙中的缺口處，說牙醫剛拔掉一顆牙，說牙醫用針刺到肉裡，然後害羞的笑說「我哭了」。我堅定的說，哭了也是勇敢的，打開嘴巴沒逃跑就是勇敢。整個下午，一個小時內，我覺得好幸福，男孩帶來了上帝的柔光，很久沒有遇到這麼單純的人類了。男孩的心思，甚至比一歲半的樹兒還要單純而黑白分明。

我很認真地跟他解說，「你肚子餓拿後母的麵包吃，雖然她生氣了，可是不是你的錯。」他反問：「我沒錯，那就是阿姨錯了嗎？可是阿姨的麵包被我吃了，她沒有錯ㄚ！」我一時語塞。他的世界對錯分明，有人生氣就是有人錯，知錯就改對他是有力量的。我想穩定他的自我價值，得先學會安然地與他二元分明的世界相處，學會幫助他敬重有些私心的後母，也敬重自己。

這可能才是整個家的幸福吧！

我看見自己一向習慣破解二元對立背後的陰暗面，一種成人的僥倖心情；我也看見自己有些「激進派人本中心的兒童保護者」的小小味道。

男孩因為情緒壓力而養成憋尿的習慣，他告訴我尿尿時腎臟的地方會痛，生理知識很樸拙的我，認真地畫生理結構圖，告訴他腎臟、膀胱、陰莖的牽連關係，以及如果憋尿會如何交互影響的細節。男孩很誠實的每事必問，比手劃腳告訴我身體的哪裡與哪裡，在什麼時候是怎麼不舒服的。我忽然覺得眼前的孩子就像是樹兒，而我只是單純地希望他健康起來。於是我詢問他怎麼清洗身體，比手劃腳用彩色筆和衛生紙教他如何清洗包皮。

我看見小男孩的眼睛裡閃爍著光芒。認識自己的身體，知道如何做，對他就是好大的喜悅。原本鼻子過敏發作而鼻塞的我，在那時忽然能量充滿，是愛吧！我想耶穌真的來過了。最後，小男孩在我面前禱告，指甲剪得很短的兩手合十，閉著的眼睛睫毛閃動著。很久，我沒有感受到這麼接近上帝。男孩身上發出柔和的光，也分享給我。

只是男孩的父親回來後，男孩退縮的樣子，光也收斂了；我看見男孩內在的光，也同時看見男孩在外在面臨的挑戰與困難，在無法敞開接納他本然樣子的父親與後母面前，男孩柔和的光收斂到很深的裡面。

我有緣陪他一小段路，男孩艱辛困難的人間顛簸，無損於他內心的純真與愛。

回顧與許諾

前夫音訊全無超過八年了，卻在這幾天，
我很想知道，對方在做什麼。

四月的風在寒暖交接之際，特別讓人敏感，而我生命中的大事，都發生在四月：身邊的丈夫與兒子，都是四月生的孩子；結婚紀念日，在四月的開端。第一次婚姻，在一九九三年四月底定，在一九九七年四月終結。二〇〇七到了，剛好十年，我打電話給工作中的宗展，告訴他我的發現，音訊全無超過八年了，卻在這幾天，我很想知道，對方在做什麼。

藉著Google的網路，我找到前夫的停留處，在北美一處校園，他與再婚妻子都是助理教授。我想像，他們也許擁有一棟美式的樓房，房間裡鋪著長毛地毯，遠離了台灣的風雨。陽光的校園，他們有自己的生活。我跟宗展說，當年我與他各自的夢想都完成了。

一九九七年，當婚姻的風雨波折到最後，兩人清楚了各自不同的夢想。他的夢想是擁有綠卡，遠離台灣，與愛運動的新女朋友在一起。我的夢想是守護家人，回到台灣，與不怕我掉淚的宗展在一起。（一九九二年失去父親的我，哀傷一直跟著，老是愛哭。）

夢想實現了，我深深守護家人，扎根台灣。工作的領域，足以碰觸到童年關切的社會底層的鄰居。我解開與父親的糾葛，榮耀父親，走過哀傷。宗展與我有了自己的家，兩個孩子，我們與雙方的父母，緊密而頻繁地接觸。我選擇一個，朝內走，充滿感情與直覺，符合我心理類型的道路。

我心裡有個小小的衝動，比較著：「是否外在成就，不如他？」宗展也這樣問：「是否社會成就，我沒比上他？」我深吸了口氣，回顧宗展與我一起前行的身影，回憶我們倆談話聊天中的夢想，回顧宗展在日記裡，像武士般凌厲面對自我的形象。我說：「在我心裡，你的成就，是超越他的。因為，我們倆這十年，選擇了朝內走的真實之路。」

能量開始動了，我知道自己開始朝外走。完整發展的情感與直覺，能安穩居住中心的習慣，讓我可以朝外走而不被迷惑，可以擁有成就而不眷戀，可以給予而不等待回報。某次工作坊中，我帶領冥想：「回到自己的心輪，感受到心中的愛與光，感受那愛充滿流動地，不只在胸中，也流到雙手，可以給予。回到心中，問問自己願不願意許諾，從今而後，我所有的行動，都從心中的愛與光出發，帶著信任而行。」

這事交給我就搞砸了

買一罐綜合維他命給自己補充孕婦的營養，我想了三個月，決定要買兩個月，到了前兩天，才終於買到。

二〇〇五年的秋天，我反視自己：

故事寫多了，越來越認識自己真實的樣子，於是更坦誠與接納性格上的限制。什麼樣的事，交給我就會搞砸呢？像是好友凌，要我把某個朋友的電話傳簡訊給他，被我一拖，就拖了九天！我每天都會想起這件事情，但行動上，就是會被擱著。還有什麼樣的事情，會被我搞砸？像是買一罐綜合維他命給自己補充孕婦的營養，我想了三個月，決定要買兩個月，到了前兩天，才終於買到。跑郵局、繳XX稅或罰款，也常常是拖延到又罰款才被婆婆解救，或請老公代繳。

二〇〇五年四月，一群好友相聚探討自己的諮商工作風格時，我隱隱發現，「原來我是個怪人，有些自閉傾向的怪。」現在省視這陣子所有的行事風格，更了解自己這樣的癖好，那就是過於專注眼前的生活，與內在感官思維世界，無法與外在現實的脈絡掛勾。

對外在世界的誇張版本可說成：接聽電話有障礙，購物這件事是災難，無法與人哈啦，謝絕所有社交性的活動，帳戶單純到只剩郵局，不肯使用信用卡，視垃圾信件如災難（所以不肯加入任何會員），家裡沒有電視線，堅決不接MSN。

即使這樣的我，也能活得社會功能良好，生活正常無虞。

這樣的我，喜歡花很長的時間發呆，靜靜的洗碗收拾家裡。花很多的時間記錄夢境與生活，寫故事。花些時間，與路邊攤、市場或咖啡店的人說話。感覺得到時光流逝，只願意選擇有真實流動的互動。

仔細反思，其實正是因為自己不是一塵不染的乾淨，所以這些事才成為災難。逛百貨公司、賣場或閱讀垃圾郵件，往往得面對促銷手法或美麗的擺飾一次次勾引內在欲望，或面對促銷文字，運用內心恐懼創造出來的需求假象。攜帶手機或隨意接電話，往往自己的思考或靈感被片片切碎；隨手打開電視，無覺知時也會不小心就掉到裡面，成了被動思考，被灌輸資訊的電視馬鈴薯。手邊若有過多信用卡，或會員，就會被捲入一場又一場的促銷潮。由於很多事都還是會激動，所以最怕被勾引，被影響，導致注意力渙散！

我是寧可坐幾個小時車去拜訪老朋友，好好花個時間看見對方並與對方說話，也不願在MSN被撞見，然後眼前的專注被中斷的古人。

這樣的我，很喜歡自己。

成為自己

睡覺前，我會問自己、宗展與樹兒：

「今天，你為『愛自己』做了什麼？」

哈克是我的好朋友，我們一起學NLP，學催眠。我做隱喻，他也做隱喻；不同的是，我們的故事風格很不同；我早他幾歲，先踏入父母的世界，他最近也成為父親。由於同做治療工作，有幾個相同的學生，彼此相互賞識，我們有個「對話」的約定，不定期的，兩人輪流新竹台中移動。

二〇〇七年六月，我專程坐火車南下，就是為了與哈克聊天。早上八點十分出發的火車，中午一點十分回到新竹。說著說著，哈克說：「好像我們共同的東西越來越多了。」是啊，過去在看彼此的差異，其實是為了更懂自己；現在兩邊都長出各自成熟的風格，關心的焦點轉向：如何健康的活著。

很好玩的，我們最近都關心：「如何說話簡短有力量，又動人。」「如何真實而負責。」（這可能是我的用語，哈克自有他的表達風格。）真實與負責，幾乎就等於活得健康了。一個真實而負責的人，說出來的話自然簡短又有自我療癒的力量。

哈克與我，有個共通的看見，這個看見，用宗展早上說的話最能詮釋：

你做這麼多努力，想跟我要愛與認同嗎？尋求他人的愛與認同，只能滿足自戀的需求，

只有你愛自己才是有力量的，我發現你花了太多力氣在尋求他人的愛與認同，但這對於你的改變與獲得力量是無關的。（宗展與我討論個案，他示範了理情治療裡Ellis會說的話。）

這樣的精神，哈克用英文stand……來形容，而我則會簡單的說：「為自己的生命負責。」我領悟到，睡覺前，我會問自己、宗展與樹兒：

「今天，你為『愛自己』做了什麼？」

「今天，你用什麼方式，給出你的愛？」

「今天，你從困難裡學到什麼？」

就這麼簡單。多說一點就是：

- 我選擇快樂。
- 我選擇不讓別人影響我的心情。
- 作一個真實的我，我負責。
- 對於我選擇的行為，我自行負責。
- 我的言行舉止就是我的選擇，我的熱愛，我的想要。

•我的言行舉止……我的生活……就是我。
•我的情緒好壞，掌握在當問題發生時我如何應對，而不是問題本身。
•我帶著愛來談論真正的感受。
•真相及誠實是我真實生活的基礎。
•我人生的一切，都像鏡子一樣反映出我內心的心智模式（註1）。

與哈克談話到結尾，我真心地說：「我想要活得很老很老。」哈克說：「你一定活得又老又健康。」

那是真心的許願，也得到真心的祝福。因為對這世界與人充滿信心，想要長長遠遠地，看大家的成長。

註1：推薦：《漣漪詞──11個改變人我關係的正向思考》／相映文化出版。以上的句子，大部分出自此書。

釋放心裡的自憐、怨懟

為了捍衛受傷的自己，母性裡疼愛樹兒的部分被凍結住，完全無法反應；自身的受傷成為主題，當樹兒越天真可愛，我心裡就越複雜。

擁有勇氣與力量的理書。

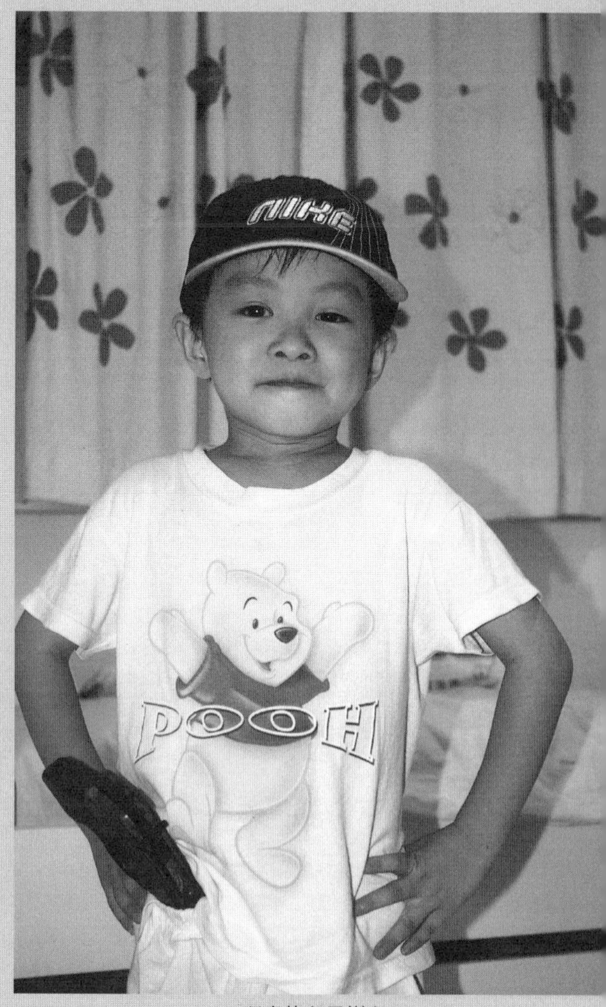

理書的兒子樹兒。

媽媽壞掉了

孩子的一顰一笑、一言一行對我而言都像是一把薄薄的刀，輕輕劃在心口上，
原來這樣的感覺就叫做嫉妒。

二〇〇五的六月底，我有個深刻的經驗，我對孩子感到嫉妒，嫉妒他可愛而我得不到關照。那樣的我其實是內在的小孩，屬於孤兒的部分。過強的嫉妒，我覺察且接納，於是我產生了「媽媽壞掉」的現象，日常功能雖依舊，但情感功能當機。

過往的生命裡難得有嫉妒的經驗；比較常有的是羨慕，看著別人的好而自己沒有時，心中的匱乏感被喚醒，心中酸楚。小學時羨慕同學有個校長爸爸；中學時曾羨慕別人有纖細的小腿；離婚前，也曾羨慕對手能橫刀奪愛的狠勁。那些都是我沒有的，羨慕的傷口在心頭時總是有小小繚繞的空虛。

身為家裡最受重視的孩子，嫉妒很少是我的主題。直到這回，家庭原始三角形的動力過於強大，內在經歷到一種被遺棄的恐慌，心中的孤兒特質突顯出來成為主要人格，阻擋我平日的母性。心裡的孤兒渴望得到爸媽的關愛，我期待宗展當我的爸爸完整地照顧我，而樹兒卻活潑地得到所有的關注；他那可愛天真的樣子，成為我嫉妒的焦點。

忽然，那個每日牽引著愛的感覺的孩子再也無法讓我有好感受，孩子的一顰一笑、一言一行對我而言都像是一把薄薄的刀，輕輕劃在心口上，原來這樣的感覺就叫做嫉妒。為了捍衛受傷的自己，母性裡疼愛樹兒的部分被凍結住，完全無法反應；自身的受傷成為主題，當樹兒越天真可愛，我心裡就越複雜。

故事大概是這樣發生的：

懷孕後需要大量的平躺，當我窩在咖啡店超過時限，身體就會湧起許多欲爆開的能量；這時候需要動一動，然後躺下來休息。

上個月底我趕稿，把自己釘在咖啡店裡面對螢幕三小時，終於將稿件e-mail出去。身體說休息的時候到了，我勸自己出去走走，也許回來可以再趕個案紀錄，就這樣，那天身體很合作，我多寫了一小時的字，省略了每天都有的黃昏臥床，把隔天要交的個案紀錄寫完了。

我不知原來那樣的透支使得內在有一種「更有資格被照顧」的心境，傍晚開始，保持一如往常的家庭步調……直到十一點要睡覺時，我開始急躁起來。

樹兒依舊和爸爸玩著遊戲，我站起來發號施令，「要睡覺了，開始收玩具吧！」樹兒不依，他還要玩；我堅持。兩人爭論間有種張力。這時宗展忽然發飆，大喊：「吵什麼吵……」爆炸聲如雷擊！樹兒大哭，淚如雨點流下。原本已經去廚房收拾的我，反射性地回頭照顧樹兒的情緒。

我猜就在那個時刻內在小孩開始不平衡。若我當時能聆聽自身內在的低語，它說的是：「下午我好乖，一直配合你……整個晚上我也很合作，你照顧了每個人……現在我累壞了，但你還是去照顧別人！」那是內在被自己冷落的感受，只是當時一無覺知。所有的溫柔用盡，當樹兒OK後，我就變冷漠了。

接下來有一連串的三人動力。完好的樹兒開始想來照顧媽媽，「媽媽你怎麼了？」而我與宗展則冷冷的繃緊著，也許兩人對彼此都心有不滿，冷冷的沈默。我回應樹兒，「媽媽想哭哭，你找爸爸。」爸爸回應樹兒，「媽媽想睡覺，明天就好了。」

原來當時我內在的小孩已經不信任我了。我只能被動地關閉自己與外界的關連；而心底深處，有一種渴望被別人主動了解、主動關照的幻想，以為我就算不說什麼，宗展也應該知道我所要的。宗展成了我父母的投射，我變成了需要照顧的孩子，無法感受到自己的愛。

這是自己兒時取得關愛的模式。當悶悶不樂時躲起來，躲久了就有人來找我，然後我就會要到關心。這是一種幻想，別人會主動給出我想要的愛的童年幻想。只是這模式剛好撞到宗展的禁忌，因他而悲傷流的淚會引發他的罪惡感，罪惡感會引起自責，自責會引發他對自己的生氣，而他一向習慣將生氣往外投射到權威者形象……（通常他老爸或爺爺不在時，那個權威者就是我啦。）

因此，若我悲傷躲起來不做什麼，他就是生悶氣，很少能主動給關懷的。宗展是個超級能給愛的人，但他只能給純真的可愛孩子，或是不因他而受傷的女性。我也沒有為自己負起職責，我們倆掉入模式裡，僵住不得。

我也以為一早醒來就好了，沒想到另一場驚愕等在前頭。隔天一早，樹兒天真快樂地尋找媽媽，可是我卻無法回應。他的可愛天真在我眼裡形成一種刺，刺傷著內在孤兒嫉妒的心。我覺得自己的母愛深深的被關閉起來，無法回應孩子、無法笑讓我很無助。當樹兒一再問，「媽媽，媽媽你怎麼了？」我只能給他個隱喻的答案：「樹，媽媽壞掉了。」

孩子得到一個能理解的答案，大聲跟剛回來的爸爸說：「媽媽說她壞掉了。」我的日常功能依舊，能煮飯能做家事。只是不能笑，無法有正向感受，無法表達心裡的話。中午樹兒吃飯邊吃邊玩時，我變得易怒。而宗展和我之間，則是沈默對立的兩盞路燈。

中午送樹兒外出時，他問我：「媽媽你壞掉了是不是因為我中午不吃飯？」「媽媽，你壞掉了是不是沒有電池了？」我只能柔柔搖頭，一旁的爸爸則堅定的支持他。下午工作結束，我回顧這一切，想起樹兒的可愛心急起來。孩子到目前為止只是困惑，若我繼續找不回自己，受傷則難免了。於是我主動向宗展求助，請他陪我聊聊。

我們從昨夜說起，明白了他不愛我權威管孩子的面貌，我的權威讓他感受到被壓迫，於是他發飆，而我漸漸能說自己內在的孤兒，孤兒先被自己遺棄，又從他那兒得不到愛，開始嫉妒起樹兒。樹兒的純真與熱情是我被潛抑的陰暗面。

我想起成長的過程雖然獲得許多愛，但自己是個非常收斂的女兒，從來就是心疼著爸媽長大的。爸媽的辛苦看在我眼裡，能給他們安慰、愉快就是女兒最開心的事情了。小時候任性討愛吵鬧闖禍，讓父母擔心的都是弟妹們。在回憶自己這段過往時，心好痛好疼，這心疼真心給到了內在孤兒，而宗展也回到了完整能給溫柔的時刻。

後來我們產生一個約定，當我受傷時，我得主動表達，而不是讓自己躲起來；當我管孩子時，請他不要自動覺得被壓迫，若他覺得我使用權威，請他與我討論。我們像是兩個成人約定好，關照自己，不要自動跳入孩子的內在。

於是我們一起找回自己，孤兒成為被認可的一部分內在，不再掌控全局。晚上我又能笑，又能看見孩子的可愛，而真心歡喜。

樹兒摸摸我說：「媽媽你修好了嗎？」我說：「媽媽好了，媽媽回來了。」

一個月後回顧，發現：因為內在孤兒的出現，覺得自己活得更有活力，也更深層；作個案時更能深刻地留在案主的無助裡而不會著急，閱讀與寫字的品質又提升了。而神奇的是，自己的快樂似乎比以前更多、更有能量。

內在心靈自有其神祕的力量，認可每一部分——即使是孤兒與嫉妒，完整後帶來的是活力恢復。讓每個部分的內在孩童回家，我用對自身的愛，一步步地敞開與迎接。

釋放怨懟

他信心滿滿地提出這個愉快的點子，卻被我潑冷水，

我問：「有了這套系統，你就會有物歸原處的習慣了嗎？」

二〇〇七年六月底，我的第六脈輪塞住（症狀：鼻涕、痰、頭脹、跑步時痛）。物質面能做的，包括吃藥、調整食物、增加睡眠，我都做了，接下來，就是用象徵眼光來看看，我能為自己做什麼。Caroline Myss《慧眼視心靈》一書，第六脈輪的象徵如下：

第六脈輪：讓「只尋求真理」貫穿你的身體。

- 持續地尋找幻象與真理間的差別，這兩種力量會在每個時刻同時出現。
- 信任你所不能見的，超越你所能見的。
- 將你的注意力集中在兩眉之間。
- 超越理性的心智，遵從並接受自己的神聖計畫。
- 讓自己的心智感受到今日的美好，而非幻象、迷思或害怕。
- 今日，釋放長久以來不適合我的怨懟、信念、態度和模式。
- 記住，生命裡的事物都是用來教導我有關什麼是真理。

閱讀這些訊息，讓我有種明晰的角度看見自己最近正在經歷的。

最近，我的閱讀量大增，完全依據直覺而行，那些該準備的工作坊，該準備的演講，都無法進來……我像是遵循一張神聖書單似的，飢渴地閱讀著已經知道，但這次又有新體驗的許多書籍。

看這行為，我知道自己在尋找真理，這些原本被我列為「假設為真」的哲學說法，在生命的此階段，無法再讓它只是假設，而要貫穿身體！我感受到有種急迫性，要這些真理貫穿整個身體，但彷彿身體還沒有完全通透，於是塞住了。

夜間的夢裡，我和許多姊妹們（夢中熟識，非現實的姊妹）在一階一階的河道中泡湯，我們等待上游的水源流下溫暖美麗的水，一陣一陣地，上游下來的水有時清澈溫暖，有時充滿泥沙與垃圾。

彷彿我的身體正在執行象徵語言的「釋放長久以來不適合的怨懟、信念、態度和模式」，直到這些泥沙與垃圾都清空了，我的身體才準備好被真理貫穿。

而這陣子，身體在清理它的通道，包括我的鼻涕與痰，包括與宗展之間消逝許久，最近又升起的衝突。我要清理的對象是：

長久以來不適合我的怨懟，
長久以來不適合我的信念，
久以來不適合我的態度，
長久以來不適合我的模式。

這些東西，一下子從上游被沖下來，我嚇壞了，在夢裡說：「這樣的水不能泡湯，跳出去吧！」因為這樣跳出去，反倒擱置，清理時間拉長，咳嗽已將近一個月。

我的學習包括，「信任我所不能見的，超越我能見的」以及「區別幻象與真實」。這個挑戰，在我與宗展之間的衝突，有最具體的彰顯。我受苦於只願意停留在我見到的、陷入的一個幻想中。

例如：早上旦旦黏我，要媽媽抱，延遲去阿嬤家的時間。於是我請宗展幫我將車子開來，讓我可以多抱旦一回，然後開車送她出去。宗展很合作地將車子開來，我抱了旦出去；卻發覺，孩子的安全座椅還放在後車廂。

其實很簡單，我抱著旦，打開後車廂，背了安全椅放上座位，進入車子，邀請旦旦坐上安全椅，扣上安全帶。前後過程只要兩分鐘。

但我心裡有怨懟：「你的心不在嗎？為何不把安全座椅先放好？」會產生這怨懟，因為我掉入一個幻想，「我嫁的人是一個心思只在抽象領域的男人，他無法在物質層次照顧我。」

我這幻想過於強大，以致生活的訊息都在增強這幻想，呼喚內在的恐懼模式，例如：這幾日我很想整理家裡的雜物，我請求宗展要有物歸原處的習慣。宗展思考了一夜，他興奮地分享他的點子：我們家只要添購一套漫畫管理系統、一台讀碼機、印表機，外加一部舊電腦，就可以管理家裡的雜物了。

他信心滿滿地提出這個愉快的點子，卻被我潑冷水，我問：「有了這套系統，你就會有物歸原處的習慣了嗎？」於是我們的溝通擱淺。他說：「你這樣子，我無法與你談下去了。」

我掉入自己的幻想與批判，「這是個不切實際的男人。」我被心裡的怨懟抓住，「他何時才願意面對問題的最根本面，而不只管形式上面？」於是我丟出了酸酸的句子，讓兩人無法繼續溝通。

第六脈輪說：「記住，生命裡的事物都是用來教導我有關什麼是真理。」所以，我這樣為自己的部分負責，我跟自己說：

親愛的理書：這裡有你重大的挑戰，你願意先領受，這些際遇是你們倆共同創造出來的嗎？如果用鏡像來看，是否你也在抱怨自己，「不切合實際，只重視形而上呢？」若用鏡像來看，你是否也要提醒自己，心思不在身邊的人，而在自己的思考面呢？若你先接納宗展的樣子，惹毛你的樣貌，其實是你不接納自己的樣貌，那麼這些陳舊的習性與模式，就開始「被清理」，而不是「洶湧而出」了。

親愛的理書，你能區分，你們關係的真相與你的幻想嗎？你們關係的真相是，你們兩個很相似，都有個無法照顧物質現實基礎層面的精神特質，因此，你們倆彼此互相依賴，互相需要，也得一起前進，一起學習讓精神層面與物質層面兩者相平衡。幻想是：你以為自己照顧物質層面的沈重感超過他，你在為不公平而發怒生氣。

親愛的理書，你願意看見這些嗎？在你舊有的模式中，你習慣被照顧，你習慣有人幫你照顧所有物質層面，像個小孩般，你可以自在地幻想在想像世界裡飛翔。

親愛的理書，這就是你許諾要學習的功課，在精神與物質層面的平衡。

親愛的理書，自小，在你的父母婚姻裡，也看到這樣的不平衡，父親活在精神層面，母親活在物質層面……你可有智慧看見，父親與母親的結合，也是他們的選擇？父親的寂寞與母親的怨懟，也是他們陷入幻想中造成的？你可願意清除你身體裡吸納的，關於母親對男人的怨懟，以及關於男人自怨自艾，然後逃走的習性？

親愛的理書，你可曾看見，宗展是不逃跑的，他一次次勇於面對，繼續回到關係中溝通？這是真實，你擁有一個願意陪伴你共同完成這功課的伴侶。你們倆，從對方的強項中學習，可以自由補足對方的弱項，而你們共同的弱項就是，想的比做的多太多。

親愛的理書，在你被宗展的點子惹毛的時刻，你可曾看見自己也是思考多於行動的人？宗展的點子反映了你也需要想清楚，而後能行動落實的面向。你看到了嗎？

親愛的理書，你經常受困的是，你認為家裡的亂是他造成而你無辜受害。這是你的幻想，你有個無辜天真的自我幻想，這幻想讓你容易感受無辜且受害，這幻想是親密關係的破壞源頭。你願意放掉這幻想嗎？

真相是什麼？真相是你對世界有個完美的需求，而你自己做不到，你需要別人為了你的理念而效勞。真相是，你們倆得找到你們共通、共同的理念，於是你們可以一起為共同的理念效勞。婚姻關係，是編織共同的期待，然後一起完成，不是其中一方為對方的完美需求付出。

親愛的理書，你願意真正地放掉你的完美需求嗎？你可以用「我們一起讓家裡變亂」來取代：「是你的習慣造成亂」。

親愛的Mali，你們曾經深深許諾，要創造一個幸福的快樂國度，於是，你們擁有一段艱辛困難的結合過程，才能共同擁有一個家。相遇與結合的艱辛困難，是為了讓你真誠而甘願，留下來，留下來，留在所有的困難中，相信這就是你自己的選擇，於是，你能挑戰自己的習性，面對困難。

親愛的理書，想想看，共同擁有一個家，生兩個孩子，是多麼美好的課程設計。兩個孩子的快樂與可愛，讓你們時刻能感受，這樣的付出與調整是多麼值得；而一個家，寬敞而豐富，複雜而有條理，自由而有紀律……這是你們當初共同的許諾啊……

親愛的理書，直到你能真的願意為自己的許諾負起責任，你就能放掉舊的眼光與模式，看見你對面的伴侶，就是那剛剛、好完美的，你們所互相預定的。

於是，真實的真理能貫穿你的身體，你的頭脹、痰、鼻涕會消失，清明而通暢；於是，你已經準備好超越理性的心智，接受屬於你的神聖計畫。

情婦守則

心中的經驗知道若我過於強迫，反而激起孩子反彈，怎麼辦？
這時候就需要「情婦守則」。

很神祕的，當母親累爆時，常常是孩子精力充沛的時候，於是就會出現這樣的場景，在晚上八點的時候：

「媽媽……你不要睡啦！」「……」（我累壞睡著了，根本聽不見兒子的呼喊。）

「媽媽……你起來陪我玩一下啦！」

「……樹，再讓我睡十分鐘就好……」（超過十分鐘繼續睡）

「媽媽……我要大便！」於是我驚醒，帶他去馬桶。

樹兒坐馬桶時，我一心想要趕快幫他洗澡，以為洗完澡我的責任就了了，然後我明白自己累了，正在想逃。我累爆了，想要控制進度的心情變成主體，而孩子正精力充沛等著跟我玩呢！心中的經驗知道若我過於強迫，反而激起孩子反彈，怎麼辦？這時候就需要「情婦守則」。

- 暫停一切生活進度，與教育目標。
- 核心焦點在於讓自己恢復精神。
- 精神可以慵懶，不可散漫。

・眼前的孩子是我男人的孩子，我只需讓他開心即可。
・自己的開心和歡愉，得放在第一位。

這情婦守則，當然是我自己發明的。情婦是活在眼前與當下，只有當妻子，心才得放許多責任：家的舒適、孩子的未來、老公的前途，還有家裡的經濟！而我，認同情婦的智慧與妻子的美德。在自己累爆時，就允許自己，單純當個情婦吧！

於是我宣告：「樹，你不洗澡沒關係，媽媽想要洗澡。」然後我好整以暇的準備一場半小時的泡澡，用小蘇打粉，還有茉莉精油。世界的沈重忽然暫停了，當我決定放下所有進度，只活眼前之後。

當水位漸漸上升，我閉上眼睛，一個個穴道揉著壓著，耳朵聽著下午新買的CD。孩子倒是精力充沛的跑來浴缸旁玩耍。他的需求是什麼？他只是寂寞，需要注意力。這麼放鬆的我，不會在乎母親的責任，反而很純粹地能給予他所需的欣賞與讚嘆（單純的）。

當他跳的時候，我只說：「哇……你跳得好高喔！」（慵懶的，十分之一注意力）（當媽媽會掛慮安全，情婦的第一注意力則是欣賞）。

於是孩子盡情的跳，非常振奮於自己的潛能（原來平時盡責的我讓孩子少了些冒險機會），他真的跳得好高，我的欣賞與雀躍越來越真心。

兒子問：「媽媽……等你洗完澡，陪我玩四隻布偶好不好？」「好啊……你慢慢等我。」孩子快樂的在遊戲場與浴缸旁跑來跑去，跑過來要的就是小小的注意需求，跑離開則是他的遊戲意志。而我則全神貫注在身體上，哪裡痠，哪裡緊，哪裡鬆……水的溫暖與清涼、香氛的溫柔與輕盈……怎麼伸展，怎麼樣沈重的身體可以浮起來……若有白日的擔憂滑過，深呼吸吐掉……進入情婦的自我認同。

就這樣，不到一小時，我完全恢復了。於是我讓四分之一的妻子回來，拿起一些進度與晚上必要的工作。像個專心陪別人家孩子的阿姨，孩子很快樂，我也很快樂。是的，快樂是情婦的第一優先。

睡前，我拿起筆記本，專心的規劃明日的路線圖，要買奶粉、要送影印、要去借場地、要做好power point……要打包、要帶孩子去剪髮……精心用彩色鉛筆畫出漂亮的路線圖，讓我有一種振奮感。

越累時越要悠閒。

睡飽後，會很甘願而快樂的奔忙。

自憐與恢復活力

我說起：「說了半輩子了，也不見得你改。」這種賭氣話。

這話其實不是我想表達的，這話是自憐。

二〇〇五年，樹兒剛滿三歲。

從台中工作回來的我，看見廚房裡宗展煮過飯的痕跡：沒關上的罐頭抽屜、用完就扔在流理台的開罐器……這是他一向的習慣，東西動過了難以回到原處。一開始我只是開玩笑，然而我一說就發現自己嘮叨；聽他的反應，我知道多說無益，我靜默了一下不說話。後來忽然悲從中來，心中坑洞的空虛感湧現，我說起：「說了半輩子了，也不見得你改。」這種賭氣話。這話其實不是我想表達的，這話是自憐；一說就讓自己更傷心，於是被自己的話語給困住了。我內心開始卡住，失去流動的喜悅。

我生氣，經常是默不作聲掉淚型的表達法，活力盡失，無法動彈，好多事沒做，就只能上床。後來樹兒嚷嚷要便便，我由於受情緒困住無法幫忙。宗展陪他進浴室，一會兒，聽見便完的樹貪玩，不讓爸爸幫他穿褲子，嬉鬧賴著。宗展好說歹說無效，然後我聽到他大吼一聲（像打雷一樣超級大聲），褲子被扔出浴室，嚇壞的樹兒跑來我腿上趴著。

我們三人就這樣靜默的，很久很久沒人說話。我開始收拾起家裡到處散落的生活物品，樹兒也跟著一起收玩具。宗展出來後，兩父子對望，樹兒的表情是困惑和小小害怕，宗展則是面無表情，加入收拾的行列。

睡前，樹兒要我說繪本，無力的我只能回答：「說故事要有好心情。媽媽現在沒有心情，你說給我聽好不好？」於是樹兒翻開繪本認真的說：「小真的長頭髮」，念完書名他翻開書，看著第一頁，他凝眉說：「可是我忘記她們叫什麼名字了。」等我提醒後，他開始認真的說：「愛美和小莉都留長頭髮，只有小真是短頭髮……」「會有多長呢？會到這裡。」（樹兒比著他的後腰說）那神情語調動作就像平日我說話一樣。

我開始想起自己平日開心的樣子，於是我接口繼續說：「小真說等我頭髮長長的時候，我只要站在橋上把頭髮垂下去，就釣到魚了。」後來我們輪流說故事，我也漸漸真的開心了。心打開後，身體也鬆開，半夜裡尋找宗展的身體，窩在他身邊，身體和好，心也和好了。（我一向喜歡窩在他臂彎裡，蜷起身體像蝦子一樣睡覺，這是殘留的幼兒習慣。在白日裡夠安全、夠成熟了，在夜裡還要回到兒時的睡姿。）

早上醒來後補做昨夜沒做的事，列印報告、講義、調配花藥、收拾書包……這才思考整件事情的發展。我發現自己沒學會放棄，依然想改變宗展隨處放東西的習慣。所謂的放下，割捨，自己多年沒學會，倒是孩子已經開始學了。

樹兒最近有兩次的表現讓我激賞。一次是他在睡前半小時問我，「媽媽我可不可以看《BANANA》電視第十集？」我問他看幾遍，他從八十遍降到二十遍，我都說不行。後來我提議兩遍，他不要，他說三遍好不好，我還是說不行。樹兒停下來說：「我不看了。」那時的他神情明亮，心情開朗，接著就和我玩另外的玩具來了。我驚訝於孩子乾脆的放棄，一點也不賭氣，即使做了選擇，整個人依然是開心的能量。我欣喜於他這步的發展，長期練習與我們協商的他，也學會放棄了！

還有某天宗展送他去阿嬤家，原本他還想撒嬌賴爸爸的時間，但爸爸快遲到了，所以堅持不行時，他立刻自己開門下車，蹲在地上玩水管。安靜的，平靜的，接受了別離。

對於樹兒，我們一直支持他的堅持，也沒忘記帶他練習人際的協商，但一向是大人讓步的多，而他也慢慢學會放棄一時的想要和欲望了！

我呢？潛在裡有心靈潔癖外加完美主義的我，走入婚姻關係，當了媽媽後，就是一場學習放棄與接納的無限挑戰，在學習放棄的同時，也學習維持我完美主義的平衡，保有夠大的心靈飛翔空間。但難免陰溝裡翻船，在情緒輕揚時，最容易展現嘮叨的本性，總還是想要改變親愛的老公。

我喜歡自己還有這樣的執念，也明白這會讓自己受苦。而這，就是我，在二〇〇五年當老婆的樣子。

要賴地跟宗展抱抱，我說：「好累喔！不要再生氣了。」

作自己的守護武士

恰巧宗展打電話來，問我走到哪個流程了。
我觸碰到心裡委屈的一塊情緒，覺得孤單無助。

早晨，一個人去產檢。

為何不是兩人？因為評估下來一個人去，比三個人（懷的是老二，我出門，老公可以在家照顧兒子）去輕鬆多了。

產檢的項目還包括糖尿病篩檢，空腹十多個小時的我，要喝一杯一百克白糖水，然後一小時後去抽血。就在數口濃濃的糖水入胃後，我開始出現反胃噁心的症狀，意識有些不清楚，覺得像是童年朝會操場上久站的貧血暈眩症狀。我知道這是身體代謝白糖的副作用，身體在抗拒一個對身體不好的物質進來。

恰巧宗展打電話來，問我走到哪個流程了。我觸碰到心裡委屈的一塊情緒，覺得孤單無助。我辨識出此時的孤單無助是一種「不合理」的情緒，猜想，什麼東西引發過去潛藏的舊心結了？

過得好的原則就是，維護住自己當下的存在，好好全神護衛自己。

於是我跟宗展快快道別，回到現在的此刻，照顧自己。我問，「我需要接納的是什麼？」「能做的是什麼？」我愉快地接納一個人在醫院的事實，抗拒的只是空腹喝糖水，「走到這一步了，就完成檢驗程序吧……」「慢慢把糖水喝完，相信身體能消化且復元。」「上次做這檢驗也出現此症狀，對現況要更有信心一些。」這樣自我接納後，情緒與身體都平穩回來。

往下走，雖還得等20號的門診，心境是放鬆與專注的。專注地閱讀個人神話探尋的原文書，為工作做準備。

要下去檢驗室抽血時，又微微感受到內在的細細委屈與孤單感。我問自己，「如何最能連結與支持這內在的自己？」於是我深深地撫摸自己的頭頂，身上最開放最能感受到愛的部位。我寧靜而專注地告訴自己：「親愛的自己，我就在這兒，我陪著你。」「我再也不會聽不到你，而放任你孤單。」「我明白你信任或需求宗展比我還多，而我要告訴你，慎重地……從今天起，你會感受到我是最忠誠的陪伴與愛你的。」「從現在開始。」

自己的內在小孩渴望被照顧，依賴老公的照顧。我透過自我對話，讓自己感受到回歸自身的愛，並對內在小孩保證自己的忠誠。

覺得自己像是揹劍的武士，將自己的熱忱與愛，投向摯愛的公主，毫無保留。雖沒聽到有如電影般感人的配樂，或魔法的銀鈴聲，但我知道魔法小小發生了。

在醫院各樓層奔走時，非常專注而愉快，最怕抽血的我，忽然能感謝護士小姐的一流技術。而神奇的，當我回到婦科時，居然已經從從30號跳到46號。很快就輪到自己了。

長期的自我觀照，我越來越不會掉入抗拒性反應，也就是舊的防衛措施。即使現實條件不甚完好，我可能孤單或受苦，我也能很接納感受安寧。

以今天的例子而言，我心甘情願一個人騎車到醫院，心甘情願從20號等到51號。也就是說：

• 我為自己的選擇負起責任。在選擇之初，就甘願承擔後續各種所有的可能。不會出現任何後悔，或假想與幻想的聲音。例如：「如果那時候……，就不會……」
．在我感受到心裡微弱情緒時，我成為自己最堅定的守護。我不再眼睛看著遠方，期盼有人來救我。（帶著公主情結長大的我，對於期盼有人來救我，那個人，也許騎白馬也許騎紅摩托車……這些年輕的情懷，好像已經被我珍惜的放著收著，而不涉入現在干擾與產生失落了。）

我是如此堅定而溫柔地，守護著自己此刻的一切。

五分鐘回到幸福的流

喘不過氣來，怎麼躺，肚子都是硬的。
穿托腹褲覺得不能呼吸，脫下來又走路維艱。

在老二預產期前兩個月的某天被我戲稱為「今年內最冷的冬天」。工作太多了，輪著要寫的東西在前方排隊；靈感都有了，就是沒時間寫出來。老天爺經常會幫忙，個案臨時請假，於是空出一個下午，我窩在咖啡店寫講義，寫得太順利愉快了，身體一連窩了六小時，於是有個驚嚇的夜晚。

喘不過氣來，怎麼躺，肚子都是硬的。穿托腹褲覺得不能呼吸，脫下來又走路維艱。整個人心思被身體受困的擔憂與抗拒佔據，愉快的感覺飛走了。

即使有許多快樂的事情發生，比方說格林寄來五本新繪本，看得愉快而文思泉湧；比方說樹兒很可愛，老公很體貼，但受困的感覺依然揮之不去。

這時候，我意識到，「我可以有選擇」，是我「將自己陷入」一種不接納的無明狀態；是我對身體不舒服的抗拒，加深我的受苦。既然有了意識，我開始用「是的，我……」的句子。

「是的，我的肚子很硬。」

「是的，我的呼吸不順。」

「是的，我心裡其實很害怕。」

「是的，我只能窩在地上坐著。」

「是的，我看著宗展幫樹兒洗澡，心裡很開心。」

「是的，我今天操壞自己了。」

「是的，我享受了一下午的書寫而忽略了身體。」

「是的，我看見明亮的燈光，樹兒在洗澡在笑。」

「是的，我看見也是累壞的宗展，正在幫他塗肥皂。」

「是的，我的肚皮好像快要脹開了，幻想自己皮膚不夠用。」

「是的，我有個恐懼的幻想又無覺知。」

「是的，我聽到樹兒的笑聲。」

「是的，我正坐在家裡的地板。」

「是的，我接納所有的狀況。」

不曉得這是什麼魔法，五分鐘後，我回到幸福的流裡；肚子與呼吸沒有完全復原，而我的感受已經不一樣了，我輕盈地與自己的沉重相處。

原本，樹兒的笑會讓我看見自己的疲憊；後來，樹兒的笑讓我感受到珍惜。原本，宗展的累讓我覺得絕望，心裡自責；後來，宗展的累讓我有一種相伴感，感恩有他的存在。原本，身體的窒礙讓我受困；後來，身體的窒礙就是一個存在的現象，我很高興小蛋蛋生龍活虎踢得我叫出聲來。

「哎喲好痛……」「小寶貝，知道你活著真好。」

心裡偷偷幻想著，也許十一月中過去，工作一個個被完成，可以很安然地想睡就睡，想躺就躺。想寫字，還有很多心裡的文字等著我呢。我專心地對肚子裡的孩子喊話：「好好待在裡面，媽媽很高興你又長高了。」

活得好，是守住每個當下，猶如守門人接住每個球一樣。

當下，是我們能擁有最大的真實，無論此刻是舒適是痛苦，都是通向神聖內在的大門。守護每個當下，就是守護自己的生命，珍惜自己的「活」。生命永遠是奧祕的，渺小的我們永遠無法一次論定，「這是好或不好」，而守護的態度，反倒讓生命朝向前開展去。

於是，幸福就在這裡流動。

老公不在家

由於爸爸不在家，旦黏我，切水果時，只好把砧板放在地上，三人一起工作。樹驚喜地大喊：「這是什麼？我從來沒看過。」

老公不在家，一個人帶孩子的我，感覺與老公在家時不一樣。

首先，因為只是短暫不在家，所以在心理上我自給自足，由於對老公離家的情境接納且祝福，才有底下的好狀態喔！這與無從選擇，長期非得一個人照顧孩子的女性，情況很不同。

首先，感覺家裡像是變團結了，本來是兩頭馬的馬車……變成單匹馬的馬車，所以，方向很一致，我說睡覺……全部的人都上床了。心變得單純堅定而甘願，每件事情都是我選擇的，即使有困難也甘願克服。老公在家時，當我說上床了，他可能還在網路上、廚房忙碌……我感覺雖說上床了，家裡還在上工，心被分成兩半，因而少了力量。

我要做的事情變多了：煮飯兼洗碗，做家事兼帶小孩……

最麻煩的是，洗碗時，旦扒著我的腿哭抱抱，於是，洗碗變成睡前的額外工作。睡前，旦依然扒著我的腿討抱抱，我喊著：「樹，陪妹妹敲音磚。」哥哥打開櫃子搬出樂器，兩人玩起來，我才得以洗碗收拾廚房外加裝奶粉。當然，我還得邊做事，邊調解兩人

「相中」同一個玩具的紛爭。

很奇妙地，即使這樣，事情依然在流動中。我說的是，因為很集中與甘願，所以所有的障礙都變成創意的來源。例如：當我喊洗澡……沒人理我，樹兒沈浸在他的《哨聲響起》（卡通），旦旦要我陪她玩卡片。

於是我站起來，避開旦旦，衝向浴室：「媽媽自己先洗了。」留下大哭的她。過一會兒，旦旦走來找我，我幫她擦乾眼淚鼻涕，她要求要進浴缸洗澡。

樹兒也賴著不想洗澡，他在地板上休息。於是，我搔他癢……他快樂地跟我玩……很喜歡被搔癢……我抓起他身體一把扛上肩，將他拋進浴缸，他樂壞了，說：「還要玩一次。」我們很快就三人都洗完澡，快樂開心地。

由於爸爸不在家，旦黏我，切水果時，只好把砧板放在地上，三人一起工作。樹驚喜地大喊：「這是什麼？我從來沒看過。」原來是個大鳳梨，兩個孩子愛極鳳梨，吃得滿地黏答答。後來我又切了青木瓜，準備隔日的涼拌。旦在一旁覬覦著，不僅想玩刀，還搬走我切好的一碗青木瓜，躲到角落裡偷吃。（因為，吃完鳳梨的她想吃青木瓜，被我以不好吃為理由拒絕。）

這一段很經典，四人在家時，孩子看不到刀子與水果的關係……當我們回娘家或回婆家時，由於有外勞幫傭，連大人也忘記刀子與水果的滋味。

原來，人力少的家庭，孩子才有機會參與各種好玩的事務，在人力多時，有時會以「不要來惹麻煩」為由，驅孩子遠離廚房。在人力不足時，孩子只好待旁邊，自然而然加入切水果的工作……工作與遊戲，生活與學習，自然就結合起來了。即使在有人力協助勞力的機會裡，也別忘了平衡，因為充滿生活的真實和學習。

老公不在家，我變得比較流暢和滿足。也許，這陣子的我，適合動手動腳，做很基礎的家務；而不是感覺被旦抓住，混身孩子中間，卻無法專心陪他們；因為我的心在等待老公把家事做完，然後四人在一起。

原來，等待讓我失去力量，行動讓我養足元氣！

原來，即使旦喜歡我陪，我還是可以堅持做家事，然後讓孩子們在做家事裡，玩耍與學習。

不虧待自己

我最神祕的地方是：「絕不虧待自己」。在《男女大不同》一書裡，提到女性的致命傷，就是「當得不到愛時，更拚命付出，以為這樣可以喚回愛」。

老公外出旅遊，我們母子過得特別好。

怎麼做到的？那就是在心裡決定。「我們也正在度假！」於是，當樹兒說早晨要去吃蛋糕時，帶他去有落地窗的蛋糕店。當我說想吃義大利麵，而樹兒又挑了一家昂貴的店時，也就欣然接納。中午工作時，特地點咖啡冰沙給自己（雖有違健康原則，卻有度假的放肆）。

到了晚上，忙著回收追垃圾車……真的累了。我跟樹兒說：「媽媽真的累了。」樹兒說：「那我想辦法自己玩。」於是他問自己，「我現在要玩什麼呢？」我安然地躺在沙發上看書。好一會兒，我能量恢復了，小人兒跑過來凝視我。我笑笑說：「真好，有你陪我，真好……」小人兒停了一秒鐘，然後從心裡發出一個很淺的微笑，淺淺的微笑卻是深邃的，有些許驕傲，有些男人的味道。

他回我：「媽媽，有你陪我，真好……」然後他問，「如果沒有我陪你會怎樣？」我說：「我會很想念你們，有些寂寞，但也會讓自己過得很好。」

爸爸不在的日子，樹兒每天早上問：「媽媽，今天星期幾？」然後用手指頭數日子：「爸爸明天的明天再一個明天就回來了，對不對？」他這幾天最常說的話則是：「媽媽……陪我……」用這句話，把我從摺衣服的走廊、馬桶、廚房、不小心睡著的沙發……一一喚回。每天睡前，懷孕的我都一下子就入睡，而他依然神采奕奕。很神祕地，當他說：「媽媽陪我……」只要我立刻精神振作，用清明的眼睛看他，他就可以很快入睡了。

「一個和尚有水喝」，這是我和宗展的理論，一個人陪孩子的時光，孩子一定有水喝。而當和尚累的時候，把累呈現出來，小孩其實已經會挑水（給自己愛）了。

而我最神祕的地方是：「絕不虧待自己」。在《男女大不同》一書裡，提到女性在關係裡的致命傷，就是「當得不到愛時，更拚命付出，以為這樣可以喚回愛」。No！女性得不到愛時，血液裡的血清素會急遽下降，急遽下降的時候會本能地繼續付出，而這反倒會造成血清素更行下降，然後以「有怨恨的付出」作為關係的終結。另一方，男性需要的不一定是女性的付出，反倒是一個心懷感謝女性的需求。於是，我練就了一番停下來的本事。那就是，讓自己舒適與重要……尤其是在孤單一人時。而神祕的是，「營養充足的一份早餐」能激發足量的血清素分泌呢！

不虧待自己，選擇「靠愛的一邊站」，只有真心情願的給予，才是帶著愛的。

我正認真學習：給予不是因害怕失去，或討好與交換；能給的時候，就只是很單純的……只要給予本身就是快樂了！因為，我曾經體驗過怨恨的味道。

從荒野女巫到荒野婆婆

在坐月子期間，由於樹兒一再反覆觀看DVD，對於這電影，我們一起複習到滾瓜爛熟，發現自己居然最喜歡荒野婆婆，這與原來的自己不同。

「荒野女巫」是宮崎駿動畫電影裡的角色，在電影前半段是大反派，把蘇菲（女主角）從少女變成九十歲的老婆婆，讓霍爾（男主角）躲躲藏藏的可怕巫婆。到了電影後半段，荒野女巫落入大巫師設下的陷阱，魔力盡失，野心與邪惡也跟著不見，成了一個無害的垂垂老太婆。贅肉因為皮膚鬆垮掛在下巴上，一層層像沙皮狗一般，紅頭大鼻子成了臉上的特色，蹲坐無辜的樣子，很是可愛。

於是，荒野女巫變成荒野婆婆，陰錯陽差地進入移動城堡，與霍爾和蘇菲成了一家人。荒野婆婆雖然法力盡失，但她魔法師的智慧依舊，對於發生在身邊的變故與戰爭，她超鎮定地一一經歷，雖年老，她依然愛戀著霍爾年輕男子的心臟，保有年輕的野心，最後，她寬厚地將霍爾的心臟還給蘇菲，成全霍爾與蘇菲的愛情。

荒野婆婆有「老年」原型（愚者與智者的合一）。看似什麼都需要依賴人（蘇菲得餵她吃飯）卻什麼都看在眼裡，什麼都心裡有數。她什麼都欣喜接納，隨時能享樂，但有危機來時可別忽視她的存在，在需要智慧的關鍵時機，短短的幾句話，就點開了電影的僵局。她的生命似乎別無所求，又擁有熱情和貪婪的陰影。

神祕地，在坐月子期間，由於樹兒一再反覆觀看DVD，對於這電影，我們一起複習到滾瓜爛熟，發現自己居然最喜歡荒野婆婆，這與原來的自己不同。在去年第一次看電影時，我迷戀霍爾，最愛蘇菲。

這份欣賞與喜歡反映著我身體的虛弱和耗損，產後的身體貼近老年人無法活力奔跑、無法有企圖心的狀態。

在電影的後半段，荒野婆婆住進移動城堡，蘇菲與霍爾談戀愛，她變回少女面貌的頻率與時間都拉長，除了蘇菲自身的勇敢與自在之外，我偏執地相信，因為老者的位置有荒野婆婆佔據了，蘇菲就無須有過多的老態。

這樣的相信，源出於我把移動城堡當成內在自我多重面貌的隱喻，自己也有荒野婆婆、蘇菲、霍爾、卡西法等面貌。坐月子期間，很神祕地，體力虛耗有如老太婆的我，少女的心情也增加了，我逐漸在自我面貌中給老婆婆一個尊貴的位置。當我允許自己自在地成為老婆婆，當我尊敬心中的老……少女也有了活的空間。

在一年一度的塔羅占卜，老師（註1）最後說：「抽一張牌，是你給你先生最好的禮物。」二〇〇四、二〇〇五我都抽到「耗竭」(註2)的牌。「耗竭」是奧修禪卡裡一張看起來很慘的牌，牌子裡的人累斃了，臉上還包紮著繃帶。

我一直不懂，何以我的耗竭，會是給宗展的最好禮物呢?在二〇〇六的第一個月，也就是坐月子，終能有所領悟。在這個月，我終於真的耗竭，連ㄍㄧㄥ都不行，整個人昏沈、盡量臥床、依賴和無助;於是，宗展的清醒、勞動、自主和有方向成了家裡的支柱。意外的，我更為柔軟、感受性、愛戀和信任，照顧孩子與我是他最忠貞的許諾，家務事成了他主要的一部分。

我漸漸明白了「禮物」的意思，耗竭的我，承認自己的無力與無助;敬重老公對家的付出與給予，是作妻子能給丈夫最好的禮物。耗竭虛弱的我，帶著珍惜與謝意的樣子，很少女地激發老公的英雄氣概，只不過這回英雄用武之處，就是家務事。

宗展回憶起當年一起經營工作室時，我說話直接強烈又精準而帶給他的壓力。我相信，宗展是喜歡這樣溫柔而有點呆的我，但骨子裡，他又何嘗不是受我的野心與強硬所吸引?無害老婆婆的敦厚與魔力女巫的同時存在，不就是我給人的吸引力?

坐月子這個月，我體會到什麼都放下的無能而後能給丈夫的「大」，漸漸恢復的我，是否能保有這樣的鬆軟而同時前進著我的快速呢？幾年的婚姻關係，他學會回應我的強硬，我也學會呼出強硬，在聆聽他說話時帶著欣賞與敬意。我們學最多的是，「我們倆真是不同呵……」沒有優先與好壞，因為不同而帶來相處的困難和整合後的豐富，是婚姻五年來最好的禮物。

人漸漸年老，年老時若能走向柔軟與信任，還保有智慧，那真的是周遭人的福氣，在這個年齡，我開始喜歡荒野婆婆，也做好準備，有一天會老去。蘇菲說：「年紀大的好處，就是能失去的不多。」期許自己年輕時，也擁有「能失去的不多」這樣的勇往直前。

月子結束了，準備往前走喔……

註1：直覺塔羅牌的作者，Mangala。
註2：奧修禪卡。

腳丫的神聖

「為什麼腳丫子不如臉蛋聖潔呢？」

這是我帶領自我疼惜團體時，提出來問自己的問題。

接近生老二最後一個多月，我的早晨除了刷牙洗臉擦保養品之外，還多了一個項目：「洗腳丫丫」。

我會站在洗臉槽前，輪流將腳丫子泡到洗臉槽裡，用溫熱的水，用牙刷沾精油香皂，輕輕刷著，然後用手搓揉著。溫熱的水好舒服，手的溫柔與厚實讓腳丫子很享受，然後我會用油性潤膚霜，按摩按摩，再穿上襪子，等皮膚完全吸收後，再脫掉襪子。

於是，多年來被勃肯、麥肯納……等所謂的休閒拖鞋摩擦得粗糙龜裂的腳跟，漸漸露出長出稚嫩的皮膚來，而整個腳底掌也如手掌一般，可以被我捧著，看著，看見腳掌的紋路。

我呵護自己的腳丫丫，猶如呵護自己的「腳步」。

我逐漸確認未來一年的工作方向，想要認真的帶一群人，想要認真的做有累積性質的訓練。於是，我明確地拒絕掉許多一年後的演講與工作坊邀約。

我神聖地守護著往前走的腳步，一如我細心呵護腳丫的皮膚一樣。

「為什麼腳丫子不如臉蛋聖潔呢？」這是二〇〇一，我帶領自我疼惜團體時，提出來問自己的問題。

在我偶爾為別人按摩的時候，最愛觸碰別人的腳丫子。覺得腳丫子能述說的生命歷史，有時候比臉龐來得真切與深刻。

記得父親臨終前的那段日子，在加護病房的五十二天裡，我每次都捧著臉盆，為他洗手洗腳，我喜歡捧著他的手，捧著他的腳，細心地按摩每一隻指頭與趾頭……有些指甲縫的陳年污垢會慢慢被釋放洗淨，而我的手會有與父親共融的親密感。

記得從那時候開始，也愛上自己像男人一樣拙拙的厚實的手和腳。因為，我的腳丫丫最像父親，手指還有些女性纖細與敏感的特質，腳丫丫則是透徹地堅定和樸拙。

活得好，是漸漸學會尊重身體的每一部位，不分貴賤。

活得好，是珍惜自己的時間表，有如神聖的宮廷大事記一般。

活得好，是用洗腳丫子的隱喻象徵儀式，來收復自己的許多，曾經被忽視的身體與曾經被賤用的腳步。

因為，生命在我身上就是神聖的，而時間與腳步，就是最核心的象徵。

放棄

神祕的耳垂，像是思念完好還是什麼的，立刻開始癒合，
於是，我得重新戳破它，像打針一樣的觸覺，一次又一次見血。

穿耳洞滿二十天後，由於護理的困難，我放棄了耳洞。曾經有個夢想，是帶著垂飾的耳環，笑的時候會搖曳，很女生。放棄的同時，這夢想，也一起放掉了。

去穿耳洞的時候，歐巴桑等級的我還被賣飾品的小姐問：「怎麼年輕時沒想要穿，現在才跑來？」二十天，每天，都很認真護理；每天，我都問，「讓自己帶著傷」要什麼？

Wounded woman！這是我心裡的形象。無論如何認真護理，還是有硬塊，還是流血，洗澡時拿下來超過二十分鐘沒戴上去，神祕的耳垂，像是思念完好還是什麼的，立刻開始癒合，於是，我得重新戳破它，像打針一樣的觸覺，一次又一次見血，雖沒太痛，就是一種心情。

我的老公，從頭到尾，沒說什麼，但是他帶著一股「難以理解，只好尊重」的笑容。每回，耳洞又癒合了，或中間塞住，我不夠粗魯戳破自己的耳垂時，他會細心地承接這工作。然後，又是一臉「難為你了，真讓人困惑」的表情。

樹兒一直觀看，什麼話也沒說。直到前天，在宗展和我又忙了二十分鐘以後，睡前，他很關切地問：「媽媽，你會痛嗎？」我說：「可是我覺得很漂亮。」他說：「我也覺得很漂亮，可是我擔心你會不會痛？」

好真誠的同理與關心啊，在那一瞬間，我覺得因為被關心，所以，有一種可以放棄的釋懷。這關心，讓我想起多年前我在美國，大雪紛飛的下午，本以為做好各種準備，要挽留婚姻，卻一再一再，得知關係已死亡的訊息。那時候，有個聲音同樣溫柔地對我說：「如果撐不住，就回來吧！」於是，我真的放棄婚姻，回到國內，甘願成為失婚女人。

在樹兒的同理心之後，我與更真實的內在相遇，真的要這樣嗎？那耳環搖曳、巧笑倩兮的模樣，是真實的我嗎？沒有耳環，真實的我依舊可以巧笑倩兮啊！當我發現，只是十分鐘護理，要重新戴回耳環，耳洞又塞住時。我宣告，「放棄」！宗展有種釋懷的表情，樹贊同的摸摸我。我呢？就是平靜，還有淡淡的失落。

人生，有很多夢想，會一輩子堅持，那是有熱情的。

看著卡通裡的風祭(註1)，深夜練球五小時也不覺得累。宗展跟樹說：「真正愛做的事，怎麼累也沒關係。」我想著，是啊，當我讀書，當我寫字，當我做個案，當我帶團體，當我陪一個人，進入他的困難深淵……就是那樣。

人生，有很多夢想，是只能抓住它的衣襟；然後，若要繼續追逐會覺得累。想像追逐到了，但感覺那是一種想像中閃亮的虛榮滿足時，就知道，這種夢想，比較接近幻想。

幻想，是因為自我不滿足，在坑洞上追逐的想望。夢想，不管自我是否坑坑洞洞，是一種即使只是追逐都覺得興奮的熱望。

我放棄了耳洞的幻想，看著心裡的自我坑洞；那個，不夠女人味的自我評價與幻想，也得隨著放棄耳洞，跟著放下才行。

妹妹送我兩付漂亮的垂掛耳環，我手邊還有兩付漂亮的銀飾耳環，會一起放在衣櫃，如同那腰圍過小的漂亮裙子，成為圖騰。

紀念我曾經執著的幻想。

註1：卡通，《哨聲響起》，由同名漫畫改編。

開始流動的潛流

從小，我怕媽媽辛勞、怕爸爸寂寞……

看到鄰居窮苦心疼、看到祖母生病時恨不得替她受。

二〇〇五年八月中，我要出發到南部工作。

預計好要搭夜車南下的，由於研習結束得晚，整個晚上匆匆，連行李都來不及準備。宗展問了聲，「要不要乾脆我載你下去，晚上一起住哈克家，明天我再載小傢伙回新竹？」理性的我回絕了，為了開課前的專注。誰知行李越清理，心就越捨不得。「好捨不得喔！」心開始疼起來，盈眶的水。小傢伙在一旁快樂唱歌，老公則穩穩地看著書，不時瞄我一眼，一副要不要他陪我南下都由我決定似的。

「怎麼我這心這麼不捨？怎麼我這眼淚這麼多？」

「也不是沒分開過，怎麼這次如此有感受？」對自己的反應好納悶。

抓了火車時刻前十分鐘，我靜下來探問內心，為何？心裡的答案說，因為我深深地感受到愛，所以感受到離別的力道，而用不捨傷感來呈現離別情懷。這麼不尋常的傷感，不是無常感，也不是聚少離多，其實是心裡的舊罪惡感！因為我自覺家裡滿目瘡痍、小傢伙還沒洗澡、床單還沒鋪好、奶粉沒裝好……還有宗展看起來很累的樣子。原來，我難以放下，讓心愛的人受苦，丟下一切混亂就跑掉的想像讓我有了罪惡感。這一覺察就放下了！知道若因罪惡感不捨分離，反而讓三人多一趟舟車，表面上多了相處的時光，實則辜負了這份如此深的愛戀感。我決定搭火車，大小男人送我到車站。

深夜，三個人蹲在月台間說話。我說：「樹，媽媽有兩個晚上不在家，爸爸說他要對你溫柔一些；那你也答應對爸爸多點溫柔好不好？」樹兒不曉得溫柔是什麼。我再說：「溫柔就是多笑笑、不要太管你和爸爸誰贏誰輸，好嗎？」

聽見自己的聲音，於是我知道離家時心裡掛念老公多於兒子，對於能量充沛處處被尊重的樹兒，我放心多了。

在火車上，我回味那愛戀的感覺。愛戀感！結婚後漸漸淡去的愛戀感，又開始再度感受到，越來越強烈。愛戀感的再度發生來自於我們倆不停地成長，每隔一陣子，就又覺得與一個新的人談戀愛。

自己一直在蛻變，變得更有感受，更有活力；即使這樣，過往未解開的結也如此頑強難解。我最大的結是怕別人受苦，尤其是心愛的家人！從小，怕媽媽辛勞、怕爸爸寂寞……看到鄰居窮苦心疼、看到祖母生病時恨不得替她受。這樣的結，在懷孕末期更洶湧而出。當我情感越豐沛，而愛更浮到表層以後。

我很多情很多情，但怕心痛，所以一向將情藏得很深。可能越來越不怕痛了吧！於是，愛的感覺更敏銳更多。想起這些多情與心疼，就讓喉嚨壓抑悲傷的痛，隨著我一路夜行，南下列車。

仙女和歐巴桑

看人受苦時能漸漸地只有心疼而沒罪惡感；

學會不一定要幫人改變，而是更尊重與欣賞人世間的百態。

這是懷孕五個月時寫的，那時候以為肚子的孩子是個男孩。很有趣的，有通靈之眼的朋友，看到我的孩子，她說：「這女孩是男孩氣質。」日記這樣說：

還沒去做羊膜穿刺，所以不知肚裡孩兒的性別；所有認識的人，包含有巫女之稱的老師，都說是女孩。心裡卻慢慢感受到這是個男孩，而且是個與樹兒很不一樣的厚實樸質男孩；他躺在肚子裡安安靜靜的，他讓我情緒很扎實穩定地停留在生活上，活得很當下，很有能量，他讓我工作的活力與品質甚至超過未懷孕前。

他讓我得一次次把自己的需要放第一位，最重要的身體休息、飲食、睡眠、與人互動的能量方式……他在肚子裡，讓我很能敏感的覺知我是否又用過去先照顧人的模式活著。

樹兒當年則是纖細敏感的，在他是胎兒時，很愛動，我的情緒大量增加，很愛哭，像個小baby，要被照顧。當年為了樹兒，我辭去各種有頭銜的工作，停掉了「白色逗點心理工作室」。懷樹兒當時，幾乎是全心全意只為了懷孕；而此刻，懷孕後的我，除了睡眠臥床增多之外，生產量還是增加的呢！

兩個孩子都帶給我很大的禮物，樹兒似乎天生下來就是教會別人怎麼去愛他，去感受，去給愛……肚裡的孩子要帶給我的禮物可能是更落實，更真實。於是我知道回報這兩個孩子最大的禮物，就是漸漸地將仙女的翅膀收起來，藏在更裡面；而活出歐巴桑的本質。

十年前在心理工作領域認識我的新朋友，說起理書經常用「仙女」（或是「小魔女」）在背後稱呼。其實我不太認領那樣的形象，因為心裡有個窮人家女孩的深層自我認同，這些外來的欣羨與讚賞，我感謝與驚喜地放在身上，讓我小小地穿上仙女稱號的外衣，也小小地運用魔法的特質。工作上喜歡用道具，薄紗、小玩偶、許願棒，說迷人的故事，也創造小小神奇的改變。

現實生活裡覺得自己的確不怎麼落實，就像夢裡的形象一樣，我經常是用飛翔的，腳只輕點落地，有一個能御風的身體。

帶工作坊時常問人，「心裡印象最深刻的神話是什麼？」而我自己印象深刻的神話是民間故事裡，「變身仙女」的故事原型。仙女洗澡時被窮小子偷走了衣服，只好化為人形與窮小子一起生活，生了個孩子以後，在水缸或哪裡發現了自己可以飛行的天衣，於是離開丈夫孩子，回到天上。

這樣的神話原型透露了我離世的底層思維，而愛情會讓我失去翅膀，無法飛行，甘願留在人世間。當年到新圓山診所調配花精時，我也選到了無法停留人間的天使能量，像是我與這塵世的濁與物質的重，有抵觸似的。

這神話描繪了十年前的自己，只是神話到了現階段已經被改寫了：

仙女在水缸下方發現了自己的天衣，仙女笑了笑，（原來藏在這麼拙的地方啊！）仙女將衣物化為種子種植在房舍周圍，漸漸長出了粉色的水仙。

不需回天上去了！已經很耐髒很有力氣很食人間煙火的仙女從水缸舀出水來，生火煮飯。是黃昏了呢！爐灶裡的灰還是飛得滿臉都是，這炭火燃燒的味道真香。

歐巴桑的我帶工作坊不需道具包，一個人，安靜的坐著，聆聽和接收，用的道具是自己的身體。這肉身真是好用，越來越珍惜了。

夢裡已經很久不飛了，新夢是房舍的改建與煮食物。會飛的年代常有趕車趕不上，考試沒準備的焦慮夢；新的夢則是穩當地搭上車，考試順手應答甚至有改題目的自由。仙女的年代夢裡找不到合適的衣服穿，新的夢裡，每件衣服都是適切的好衣裳。在過去夢裡淒苦荒涼的父親亡魂，新夢則是溫暖飽滿的生活互動。

原來當歐巴桑的夜夢，安寧平靜許多。

歐巴桑怎麼生活？鮮少收到卡片與禮物，鮮少與人聚餐，手機往來的人數不超過三位。不需咖啡店也能專心創作；喜歡開火烹調的自己，對油膩的碗盤有一份隨和感；到外頭遇到很髒的馬桶，還會順手幫人刷乾淨；做家事時大部分專心而愉快，家裡的凌亂也大部分能平靜地與之共存；很久找不到口紅了，衣服卻越穿越花俏，

然後覺得自己越來越美麗。穩定的作息時間，簡單規律的步調。一點都不焦慮自己沒上進，反倒有更多的閱讀和思考，扎實面對生活的省思。

沒變的是我依然喜歡凝視遠方，偏好獨處與人際上的封閉，不愛說電話而愛寫字。學會最多的則是，看人受苦時能漸漸地只有心疼而沒罪惡感；學會不一定要幫人改變，而是更尊重與欣賞人世間的百態。呼吸用肚子，流淚用眼睛，心痛是最年輕的自我狀態。

我是如此專注地學習停留，留下來，停留人間。

BABY SOUL

宗展說：記得你懷孕的時候，好多的悲傷……

其實在樹兒之前，宗展與我有個未出世的baby soul，無緣的孩子。

這祕密放在心裡有七年了，在樹兒受孕前一年，因為我不夠堅強，因為宗展為他父母立場著想的緣故，小靈魂犧牲了。（除了我倆與娘家人之外，很少有其他人知道。）當時我們倆爭辯激烈。我說，這是個小生命，宗展說，是個細胞組織。

在樹兒滿五歲的二〇〇七年三月，我的花精老師看到樹兒，他說：「這孩子的眼睛與天上連結過強。」五月，樹兒出完水痘以後，他食欲大減，什麼都不想吃，他沈迷於足球與足球卡通，許多時候與他說話，都覺得他不在場。我看著樹兒逐漸衰弱的生命力（當然是我敏感，除此之外，無他人感覺到。）向老師求助。於是，我去台北見老師。確認了，樹兒的心靈與小靈魂，有過強的連結。老師有他們的方式，一種讓我很觸動，有參與感，且主體性存在的工作方法。

在過程裡，我發現心裡好濃的悲傷，我的愛與悲傷朝向小靈魂，黏著卻不自覺。老師說，我們要請神聖母親與金光的支持，引導這靈魂回到光裡。

過程裡，我對小靈魂說：「讓你離開，是你爸爸的決定，而我太軟弱，所以順從了。這是我的決定與責任，與你無關。」小靈魂的代表人說：「我也想聽見爸爸這樣對我說。」在一個專注而覺知的療癒過程後，小靈魂緩緩上升。

療程結束後，整個週末我都在陪小孩，沒時間說貼心話的宗展與我，隔了兩天才分享這段經歷。對宗展而言，要能同理我，要能感受到小靈魂的存在，除了敞開心房之外，還得更動他關於靈魂的哲學假設。

我們有了同在的說話之後，他說了一段話，是我無覺知、無意識的自己。

他說：「記得你懷孕的時候，好多的悲傷。那時候，也許你是為了電影，為了弟弟的婚姻或原生家庭而流淚……但現在想想，那過多的眼淚與哀傷，也許是為了我們那沒有機會成為現世孩子的小靈魂。」是啊，我的哀傷好多，整整一年：從懷孕開始，一直到樹兒兩個月。

於是，我們都了解了，愛哭的樹兒，其來有自。不論我懷孕時吃了什麼，樹兒鐵定是用眼淚灌溉長大的幼苗。

樹兒是個很棒的孩子，卻有過於敏感的心，以及過多的眼淚。他有一種哭泣，就是類似控訴我們背棄他，答應愛他又沒做到的抱怨。象徵來說，他的控訴不只是為自己控訴，也許，還為著他未曾謀面的兄長（或姊姊）。

聽完宗展這樣說，我的心輕鬆多了，公公經常認定，樹兒的愛哭與自我中心，是我們的教養方式造成的。這樣回顧以來，除了胎教，還有靈魂的牽絆，一個孩子的性格，多麼神祕ㄚ！永遠不能推論說是單獨因為教養所造成的！當然，對於一個五歲孩子的性格，父母的教養風格，永遠有影響力的。

我經常將自己的身體比喻為手機的座充，孩子坐在我懷裡熟睡超過三十分鐘，就能開始充電。在懷孕以前，這個座充是樹兒專屬，懷旦旦末期到現在旦旦一歲快半了，這個座充成為旦旦專屬。樹兒好久好久，沒有在我懷裡充電了呢！我一將他抱到懷裡，旦旦就開始不安，抗議，徘徊，哭泣。

是啊，當我們將愛轉移時，是否意識到，這會帶來靈魂層次多深遠的影響？當我們做愛時，是否意識到，這將開放一個靈魂進入地球的機會？即使避孕，做愛時我們是否意識到，性交讓靈魂綁在一起？人工流產時，是否意識到，這不只是個細胞，而是有記憶的靈魂？

而靈魂的交融或綑綁，就是長遠的影響。

送樹兒上學前，要他抽一張靈魂功課卡，問：「為什麼我會選擇像現在這樣，出生成爸媽的孩子？」靈魂功課卡說：為了要記得與神之間神聖約定，這一世，樹兒要成長得非常完整而成熟。

是啊，對我們而言，讓樹兒長得完整而成熟，是我們能給的，而這就是，讓樹兒記得他與神的約定，並負起責任（保持承諾）。抽完一張卡，樹兒聽完我的解釋，覺得很滿意。他說：「我還要再抽一張卡。」

我要他抽：「與日旦之間的相處，我要學習什麼？」我解釋卡片說：「每一件你對日旦做的事情，都是如果旦旦也這樣對你，你會喜歡的。」這答案，讓樹兒的心靈與心情很滿足，開心地上學去了。

我也讓自己抽一張靈魂功課卡，我問：對於小靈魂的這一串，七年來的經歷，要給目前的我，學習到什麼？卡片說：「有創意地說不。」我的靈魂功課是，只讓神成為我的權威，而不會無意識地順從別的權威。我得為自己設立這樣的界限，並練習說不。

我的詮釋是：二〇〇〇年，我仰賴與宗展有一個合法的婚姻，一段被社會認可的關係，因此，我沒有說不。沒有為自己心裡的真實負責，保留小靈魂的肉身生命。我要學習的是：尊重並愛我的限制，即使我得依賴社會合法的認可，我依然愛那個有限制的自己。於是，因為我的愛，能讓自己有力量，對那個決定說不。

我學會接納並深愛自己。

我學會，細膩而堅定地聆聽自己的心。

我學會，有創意地，以內在的力量對外在力量的脅迫與誘惑說不。

火的蛻變

我的身體開始有了「火」。不是那種一雙冰涼的手、惹人憐愛的小女人，而是伸出溫暖的厚手能支持人的媽媽。

二〇〇五年，懷著六個月身孕，我參加一靈氣課程。三天裡，整個人一直處於能量流動的狀態，汗一直流一直流。汗滴在眉毛、吃進嘴巴、充滿了身體。這樣的溫熱，讓我串連起自身的許多蛻變，都與這溫熱有關。

兒時的我是不流汗的，涼涼乾爽的身體，無論體育課或週會、大太陽或悶熱的體育館，我一直是乾爽得毫無人的氣味。記得高中時穿著深綠色制服，朝會後經常看見同學們背後汗溼一片黑，於是我開始自得起自己的：「冰肌玉骨，自清涼而無汗！」學了能量相關課程之後才知道那叫做「能量虛」。我曾去新圓山診所取花藥，診斷出天使氣質，不願停留人間的特質。年輕時不食人間煙火的形象，放到與宗展的相識，是他喜歡與迷戀的一部分；但到了兩人真實相處、落實到生活時，就顯得處處困難。同時身為助人工作者，再怎麼樣都要落地而直入人間；尤其到了我很想很想懷孕，想要有小孩，這樣虛空的飄靈氣質，就更是處處困難。

「到身體、回到身體吧！」這呼聲在心裡迫切地呼喊著，從二〇〇〇年準備結婚開始。「那就讓自己喜歡流汗吧！」當年我給自己這麼一帖藥方。二〇〇〇年夏天，我在台北流浪。報名參加耕莘寫作班，搭公車步行街頭，汗流浹背盡量不進冷氣房，一個多月後，我開始有了各種身體感官能力。

「再回到身體，更多一些，更多一些！」二〇〇一年夏天我莫名地受到舞蹈治療裡「非洲舞蹈」的吸引；「讓自己更原始，更有節奏感」這是我給的第二帖藥方！那年，我跟著一群舞蹈科班出身的年輕人，在非洲原始鼓動的節奏裡，流汗、用腳跟跳舞、揮動全身肢體；跟不上年輕人的體力，每日上課彷彿死裡來火裡去的我，衣服溼了又乾，乾了再溼，即使在冷氣房，嘴唇還是經常會吃到汗。汗水流入眼睛時而刺痛。不到十天就發現自己懷孕了，我像是撿回一條命地有了理由退出課程，回家安胎。那是樹兒住到我肚子裡的開始。

二〇〇二年，四月天坐月子，餐餐純米酒水的月子餐，經常雙腳泡老薑煮米酒，拚了命睡覺。生平第一次那麼久沒看書寫字，即使貪涼開冷氣也是時時大汗。就這樣我的身體有了「火」。睡覺時再也不需穿襪子而不怕感冒。開始不是那種一雙冰涼的手、惹人憐愛的小女人，而是伸出溫暖的厚手能支持人的媽媽；冬天的雙腳也是溫的，聲音越來越不飄忽，我有了火的元氣。

這樣的我開始有了歐巴桑的能力，也有了當妻子與母親的厚實。

在靈氣的工作坊裡，我再次經驗到有如跳非洲舞蹈的大汗淋漓，那樣溫熱的自己，這已是蛻變的印記！我又更回到身體。身體裡裝著女兒，女兒的能量飽滿地在下腹聚集成光球。我就這樣，溫熱的，扎實的，穩穩地用腳走路，成為一個會流汗，充滿人味，心中有火的歐巴桑。

二〇〇六年一月，產後虛耗，手腳變回冰涼，坐月子期間，我在年輕時，過敏流鼻水的毛病再犯，顯有憂鬱傾向。三月去看中醫。中醫說，由於生產，我的下盤能量全空了，要補回來。初聽那消息，心裡笑著：「我將火給了出去。」女兒正是一個火性的女孩，明亮燦爛，活力無限。藉著中藥和花精，我調養了兩個月，慢慢地將自己的火給養回來。

離家

在陌生地尋覓良久，終於找到7-ELEVEn，詫笑自己買了平日不喝的養樂多。
那是樹兒唯一愛喝的飲料。

樹兩歲半的時候，我外出工作，獨住飯店。白日工作結束，晚上獨自晃蕩於南投市街，在陌生地尋覓良久，終於找到7-ELEVEn，詫笑自己買了平日不喝的養樂多。那是樹兒唯一愛喝的飲料；對於只喝白開水、茶、咖啡的我，養樂多握在手心覺得厚實。想念家，想念宗展，想念孩子。

打開郵件，宗展這樣說著：

你去工作的早晨，樹有莫名的脆弱，家裡很沈寂。

我猜，跟我的狀態也有關，也許是分心到下午的工作，也許是少了咖啡因的振奮，也許是遺忘如何陪伴他玩耍。常只是微笑地看著他，他似乎感到無聊又無法專注，四處尋求刺激。我們協議一起去打鼓（遊樂場的太鼓達人），打完鼓去Subway吃三明治。我真的很不會餵他，但當他開心吃完兩片起士、兩片火腿，我也把兩片三明治吃完。

中午十二點整，時光漫漫……

後來租《哈姆太郎》來看，有鴕鳥媽媽拚命捨命找鴕鳥蛋，樹看了一直在某種情緒裡。換了一集《七夕銀河》篇，換成哈姆太郎極度擔憂與小露的別離，拚命要挽留。

樹看了，嚷嚷要找媽媽……我說：「樹，想媽媽是嗎？（他淚水盈眶，嚷嚷『去找媽媽』。）來，爸爸抱抱。」

那陣子的早晨，通常是我坐在窗口寫字、宗展去喝咖啡。樹兒醒來後會走到外頭來賴媽媽進房陪他賴，然後問：「爸爸去哪裡？」今晨我輾轉火車至台中，客運至南投，顛簸地暈車，車子越行越遠，思緒越來越清明。三人每日平淡的早晨是一日安穩的泉源；別離時一下子空了出來，依戀無處遮掩。

記得昨日認真和樹道別，我說：「媽媽會想念你，你想要想念媽媽嗎？」小人兒用力用力點頭。夜裡他一直窩在我側彎的身軀裡安眠，一反平日滾得遠遠，頭腳與我們顛倒睡的習慣。

夜裡在旅店，特別柔軟傷感，膽小的我剛剛竟怕起孤獨來。平日和宗展瓜分離家工作的權利、獨處需求不足的我，好久不曾獨擁整個夜晚。喜歡握著宗展的手入眠的我，今夜會抱著書睡著吧。沒關係，包包裡有艱澀的原文書呢！

離家兩天後回家的夜晚，三人擠在兩人沙發裡：「哇，我們三人又在一起了。」樹和宗展光著上身學DVD的鬼太鼓座打鼓，坐在沙發上看著圓圓肚子起伏，轉頭看我滿臉笑意；宗展則放鬆他瘦削的身體，很滿足地大笑。

隔天一早，宗展去工作，樹醒來到外面拉我回床上賴床，那是母子二人偶有語言點綴的肢體親密時光，身體與床單枕頭的親，和彼此身軀的近。樹轉身問：「媽媽你昨天到哪兒工作了？」「南投，你還沒去過的地方。」樹說：「我們兩個都見不到你。」小人兒否認他想我、哭我，還有爸爸也想我，大笑地搖頭打滾說沒有沒有沒有。

我想起宗展e-mail裡說的與樹Subway的沈寂午餐，於是決定自己帶孩子重新走一遭。買了月台票先帶樹去看火車，完成他昨夜到火車站接我的未了心願，然後到Subway點餐。櫃台小姐問：「他前天是不是和爸爸來過？」

樹堅持要坐哪張桌子、哪張椅子，還要我像爸爸一樣把火腿切成一半給他。原來不只我一個人做回顧之旅，小人兒也是。樹靜靜地吃著他的火腿起士麵包塊，我看著遠方啃著漢堡三明治。我猜，樹的表情，安靜專注吃食，是帶給宗展沈寂感受的面容，而這在我心裡則是平安度日的幸福。

深夜，宗展說起我不在的日子：「不曉得為什麼，心裡忽然有一塊地方空出來，雖然還是一樣帶樹打鼓吃漢堡，感覺卻很不同，這可能是單親的心情。」我想起日記的一段話：「三個人平日依戀慣了，一下子別離，心裡空出好大一塊空間，反倒無由地倉皇起來。」

三個人能相互依戀的日子，就這短短幾年吧！孩子長大了，有他的寬闊大路，我們中年以後，也有夫妻第二段的共夢要築吧！

心裡小小的聲音

那個內在的小小聲音說：「想要居家生產。」

懷孕六個月，一直無法決定接生的醫生。最初到不幫人接生的婦科醫院產檢，後來又說要回娘家生產，跑回南部的醫院產檢。

其實是，心裡有個小小的另類聲音。其實每次產檢我都很準時，幾經掙扎還是乖乖的去抽了羊水，但我真心想要的是什麼呢？現在其實也還不是很清楚。

透過書寫，我是否能知道自己要什麼？讓我來試試看好了。

跟小蛋蛋的緣分（註1）是什麼呢？最初想要懷老二的動機，是為了與生命更貼近，想再經歷一次，懷孕與生產，還有孩子年幼，凡事無法掌控卻與生命更貼近的感覺。

而小蛋蛋住在肚子裡的過程，則與樹兒當年差好多。樹兒帶給我許多激情與觸動，一種兩個生命相擁抱的流動。而小蛋蛋則是安穩穩的住著，我常常忘了自己是孕婦，東跑西走。還沒生下，即感受到小蛋蛋帶給我的力量與專注。

小蛋蛋教會我，身體就是靈魂的所在。若與樹兒是另一個靈魂的相遇，小蛋蛋則是與自己相似的靈魂合一了。樹兒是需要我保護並給予照顧的孩子，小蛋蛋則是給我力量與存在感，提醒我，回到身體，世界就回歸美好。

我感受到樹兒喚醒我內在愛的動力，而小蛋蛋則喚醒我存在的永恆與力量。樹兒讓我學會身為母親的寬厚耐操與堅強，而小蛋蛋要讓我體驗到身為女人的美好。

那個內在的小小聲音說：「想要居家生產。」

宗展全然支持。而那個聲音，卻只是被我擱置著，一個月、兩個月、三個月，遲遲沒做決定。擱置的理由與我個人自閉的缺陷有關，就是過於專注地活在眼前的生活裡，無法參與各種市場購物的選擇。而在這個年代，找醫生、找坐月子中心……不都是商業選擇？更何況我要找一個過時或是過於新潮的「居家助產士」！我的生活還捲在閱讀新書、準備演講、新課程與每月和截稿賽跑的緊湊裡。

若我聆聽內在那微弱的小小聲音，我要的就是「相信更深的直覺，並願意去冒險……」（其實人生何處不冒險？）然後我會得到的禮物是，找回女性的自體性，與美好。生產的歷程，如同我這一年所做的親子書寫，是要被一點一滴經歷，好好用來帶自己回到生命的流裡。

原來我想要回家，回到生命的流。（註2）

註1：女兒在肚子的胚胎時期，我們喚她「小蛋蛋」。

註2：後來終究沒有足夠的勇氣如此選擇。恐懼死亡的焦慮，讓我還是把自己交給了「平均值」安全的現代化醫院。

小別

當一個人離去，就在心裡完整地擁有他。

這是我從父親去世後，領悟到最深的道理。

二〇〇五年九月，宗展中了獎，免費招待泰國旅遊。雖然我大腹便便，看他期待飛行的樣子，還是支持他去吧！這是我們結婚後最長的一次分離，六天六夜。

第一天晚上，宗展的e-mail這樣說：

老婆：

在機場登機門口跟你說掰掰。在飛機上，頭有點暈，但似乎很興奮，睡不著。很奇妙的一群團14+1。從來沒想過，我會跟這些老先生、家庭一道出國。很神奇，也問，明天、接下來，我還會遇到些什麼。

至今，一切順利^^

老公

老公：

凌晨送你離開，從機場回到家剛好清晨七點，我回到沙發補眠，不敢吵醒來家裡陪兒子的媽。九點，媽叫醒我，我回到床上，媽就離開了。

十點，樹兒睡夢中哭著，我問：「作夢嗎？」他沒回答。我問：「洗衣服，幫不幫我？」好笑的是，說完話我又睡著了。然後樹兒醒來搖我，「媽媽，走……我們去洗衣服。」我將衣服拿給他，他一件件塞到洗衣機，衣服有點多，看他賣力的背影，覺得有種相依為命的感覺。

然後樹兒回到床上，撒嬌賴我過去，「你知道我剛剛為什麼哭嗎？」「我夢見爸爸要離開，我就拉著他的手不讓他走，然後他就沒走了。」「我還夢見猴子變成兩隻了。」然後我們就出去玩，樹兒拿出蛋糕卡片，「媽媽，我們出去吃這個好不好？」

所以啦！我們現在在蛋糕店吃蛋糕。騎摩托車時，樹兒說：「現在什麼事都你一個人做對不對？因為爸爸出門了。」

老婆

宗展離開的前一天晚上，有個好朋友的老公虧他，「老婆待產了，還出去玩！」我笑笑，知道這趟出遊是兩人平衡的螺絲之一。過一陣子我要生產，家裡也要偏勞他了。對於別離有些小焦慮，因為對於無常的敬畏。想想，無論如何自己總能往前走，日子也還是會有笑聲，就欣喜地迎接各種轉變的可能吧！宗展不在，樹兒很快和我形成兩人同盟，一下子像是又長大一些了。很難想像，前一天他還執意要跟爸爸去呢！

宗展離開的新竹，變得有些特別。平日尋常的街道，開始用記憶著色。不會一個人去吃揭家牛肉麵（註1）的我，開著車竟然晃到了那兒，還點了平日兩人吃的東西。後來還吃過飽，才知道我根本沒認真吃麵，心裡淨在尋找兩人的記憶。平日不會看見的「水煮土豆」也成了視覺焦點，心想著，那是他愛吃的食物。

原來，尋常日子的相守對情感有一種遮蔽效應；要到分離了，情感才會浮出，成為生活的某種味道。我們倆是歷經漫長掙扎與奮鬥才相守在一起的，別離的時空特別有味道。

而我特別覺得有種安全感與獨立的振奮感；一個人雖然累了些，煮飯時安排樹兒看電視，吃飯後專心陪他玩（很專心喔！有遊戲治療的品質），接著說：「媽媽要去洗碗……」要他一個人換積木玩。摺衣服時叫他來幫忙，洗澡時他窩在浴室門口等待。早晨還是早起趕工作，晚上一個人講兩人份的故事；半夜起來泡奶，由於不習慣，晃了許久才又再度睡著；接送小孩都是自己，成了一種穩定的規律。

忽然可以在樹兒身上看到許多樹爸的樣子！心裡意識到，原來與孩子的相處，也是一種相守。當一個人離去，就在心裡完整地擁有他。這是我從父親去世後，領悟到最深的道理。

註1：宗展最愛的牛肉麵店。

蛻變，成為媽媽以後……

成為媽媽之後，生活對我開始有不同的意義。那份母親稱之為犧牲的辛勞，我正名為「天職」。當我認分專注地盡我的天職，我漸漸感覺自己著根於地。

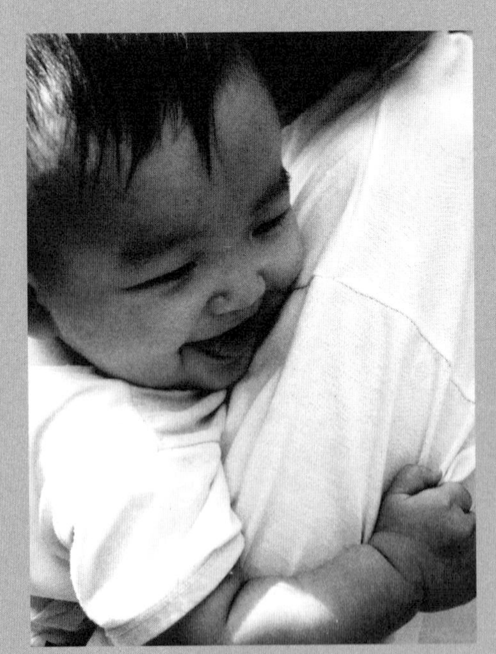

孩子的純眞笑臉。

理書和兒子樹兒。

幾歲成為媽媽？

比母親晚了十五年，我甘願地給出身體懷孕，給出生涯擔任母職，卻發現，自己少了歐巴桑的氣味。

我的母親在二十二歲時生下我，成為媽媽，在她二十八歲時，我有兩個弟弟，兩個妹妹，她成為五個孩子的媽。

太早了，這不是她要的，童年的我喜歡窩在母親身旁，母親在柴米油鹽之餘，會喟嘆她失去的青春，而母親的老照片，清純美麗的少女樣貌，就成為我追尋的夢想。

我發誓不要過早生小孩，我誓言要追尋自我，擁有自己的人生。

念書成了我的翅膀，飛離母親的軌道，我活出一條與母親不同的道路。二十八歲，我結婚，辭去鐵飯碗的教職，出國念書。一點都沒打算要生小孩。

三十一歲，我念了諮商碩士回來，成為專任諮商員，我擁有夢想……帶著清新氣質，被團體成員封號「小魔女」。三十二歲，我離婚，心碎帶著滄桑，開始有了老的心態。三十五歲，我開始在街頭凝視嬰兒的笑臉，感受心中渴望成為母親的原始能量。三十七歲，再婚後我終於成為母親。

比母親晚了十五年，我甘願地給出身體懷孕，給出生涯擔任母職，卻發現，自己少了歐巴桑的氣味。

我會形容，新手媽媽的我比較像個幼稚園老師，而不像柴米油鹽的媽媽。於是，成為歐巴桑是我的修行，而不失去少女氣質是母親殘餘的夢。

即使我三十七歲才成為媽媽，即使我在四十一歲才生第二胎，成為兩個孩子的媽。即使我在當媽媽前已有自我實現的力量，但我還是會有掙扎的時刻，在自己與角色之間。

成為媽媽以後，我讓工作量減少。一週四天半的白天，孩子到阿嬤家或學校。一週，我只有四天半的時間，給純然的自己。若我週末給工作坊，那就扣掉一個週間，我陪小孩，讓婆婆休息。我的工作不定期，帶領工作坊，演講，做親職個案；長時間，我閱讀寫字，整理自己心理工作多年的經驗，還有進修與學習。

這裡記錄了我在工作來回之間，與孩子和老公的親密關係變化。

許多細膩的記述，超越了兩者的分別，超越了掙扎的形容……原來，生命就是如此同時編織，整體加起來，才是完整。

旦的天堂與人間樂土

那天，旦硬是要趴在地上自己挖稀飯吃。我們不許，她哭阿嬤。

「旦，不要逃避到你的安全港。」我有點火地對她說。

旦有兩個主要照顧處，阿嬤家與自己家。她有兩個媽媽，她的阿嬤與我。

每天早上十點左右，旦會到阿嬤家……每天傍晚五點半左右，旦會回自己家。阿嬤家有阿公、May阿姨、阿祖，還有許多姨婆們。自己家有爸爸、媽媽，還有哥哥。

從一歲五個月開始，旦會偶爾在分開時哭泣，不願意媽媽離開。從一歲七個月開始，由於媽媽經常在早晨逃跑，接送旦的都是爸爸，旦開始不再尋找媽媽，反過來，她會在離開阿嬤家時表達不肯回家的意願。

一個月，一個禮拜五天裡，幾乎有三四天，旦在離開時會繼續扒著阿嬤、阿公或May，不願離開。這情形，若換是當年的我，樹兒這樣的表達，我會心裡受傷，會小嫉妒，懷疑自己是否做錯了。

但是，我感受到心裡有股好清晰濃烈的驅力，我要寫東西。我每日清晨開始書寫，許多進度來不及，準備演講……濃烈的驅力往前走，我承認自己在某種程度背叛了女兒的依附需求。因此，在面臨每天黃昏的麻煩時刻，我心裡很平靜地接納。

我會願意等待。我盡量清理自己的能量，包括洗手、做回歸大地的釋放，讓自己工作能量放下，純淨地回到孩子身邊，當個純粹的媽媽。有意思的是，當我感受越純淨，心越專注，旦認我這個媽，願意跟著我走的時間越快。若我心思還在工作上，或剛剛擁抱許多人卻忘記洗手，這時候旦會像是不認識我一樣，視而不見，或拒絕人。

其實，每一次，當我從阿嬤家接回旦旦。我們一家四口又聚在一起以後，我們擁有許多快樂時光。我們母女的親暱與默契很麻吉。樹哥哥與旦的互動順利後，兩人常有許多遊戲嬉耍的共同歡樂。旦越來越能跟著爸爸，宗展也經常用看美麗的眼睛看她。

有趣的是，旦會在某些時刻，呼喚阿嬤。例如，爸爸與哥哥一起洗澡，洗完澡的旦在我腳邊繞來繞去要求抱抱。而我正忙著收拾廚房……她想要被抱抱，表達了三次以上，我還要她等，她就會念阿嬤。

或是，當我要求她：「把尿布拿去垃圾桶丟。」她會搖頭，不要，拒絕，而我又堅持時，她也會找阿嬤。或是，當她想睡覺時她呼喚：「阿嬤。」而我只要唱阿嬤唱的歌，旦就會睡著。

這現象讓我猜測與假想，原來，阿嬤是她有求必應的媽，而我是那個會有自己心思的媽。阿嬤專心地照顧她、順著她，而我有自己的事業，還想要她早點獨立。我積極地讓她在地上走路，出門，回家，穿上鞋子，也讓她自己走路。

這一點比較困難，旦似乎習慣被阿嬤抱。走路對她是興奮的，但很多時候，她更喜歡被抱著移動。對她而言，走路是遊戲，是追隨哥哥而跑的樂趣。旦似乎沒有意識到，走路是她的責任。

旦有時候很拗，她有一陣子不愛穿衣服，有一陣子不愛穿尿布……當她的要求被拒絕時，她哭得猛爆，讓我很難拿捏，什麼是重要的堅持。我常開玩笑，「你喔！大概就媽媽治得了你。」而最近她似乎，在我這裡遇到挫折時，她就想找阿嬤。

那天，她提一個不合理的需求，她硬是要趴在地上自己挖稀飯吃。我們不許，她哭阿嬤。在我自認合理要求而女兒拒絕合作，這是OK的，但她哭阿嬤的樣子，偶爾會惹毛我，「旦，不要逃避到你的安全港。」我會有點火地對她說話。

阿嬤是她的天堂，在她還沒失去伊甸園的時期。媽媽是平凡人間，會有挫折，得靠自己力量走路，媽媽有自己的需求。

其實，寫到這裡，心境還沒梳理到平順。我很想跟婆婆說：「媽，多等一下，偶爾讓她哭，讓她學會放棄執著。」「媽，少抱她，不只為了輕鬆，也為了讓她覺知走路的責任。」「媽，請練習拒絕她，不需要刻意，在真的不同意時，媽也可以表達自己的心聲。」

但我不確定，我這企圖心，是為了符合旦的成長需求，還是為了遮掩自己經常被旦拒絕的挫折？這複雜的三角議題啊，現在還不到能看清楚的時候。讓我用祈禱來帶領自己回歸中心吧！

親愛的天父地母，請支持我更回到力量，在情境模糊難辨時，能放下自己的欲望與挫折，看到更大的真實。親愛的天父地母，請支持我更柔軟敞開，在我感受挫折時，能吸納與涵容自身，於是，我能純淨地存在，而不控制。

親愛的天父地母，請支持我擁有頑皮的赤子之心，在我過度抓住母親角色與責任時，能輕鬆幽默地放下。親愛的天父地母，請讓我在被時間困住，心裡不安在時，意識到您的臨在，回到您的懷抱，於是，我能超脫時間的戲弄，完整地專心在當下。親愛的天父地母，請支持我看見自己的重要感，看穿那背後的恐懼，並放下。

在我認為自己最重要時，請用您的愛與光環繞我，讓我想起宇宙子民的身分，讓我看見女兒、阿嬤與我，同是您的孩子，我們是一體的，無分的，而我以為的重要感，只是這輩子的衣服而已。讓我看重真實的存在，超越角色賦予的期待。

親愛的天父地母，請在我無助的時候，用您的雙手支持我，讓我可以在無助中停留，不會焦慮地尋求脫困，於是我可以看到，自己以為的受困，只是自我重要感作祟。親愛的天父地母，讓我放下我以為自己懂得幻想，擁有天真的無知。請讓我在我以為懂得的時候，記得提醒自己：「我不知道。」於是我能真的看見原型，而知曉，自己在此的學習是什麼。

可以擁有全職照顧的阿嬤是旦的幸運，又可以同時擁有像我這般，追求個體化（註1）女性的母親，也是旦的幸運。原來我在作自己與成為媽媽之間的掙扎，同時映照了我母親年輕時，放下自我成為母親的遺憾，同時在掙脫社會加諸在女性身上的期待。

成為個體化的我，是給女兒最大的禮物。女兒在我身上，將學習另一種女性的樣貌。而我在面對被女兒拒絕的時刻，得放下自我重要感，並懂得欣賞婆婆，感恩婆婆，有如我母親般，全心奉獻給子女的母親原型。

註1：容格心理學名詞，個體化，指成為獨一無二的自己，活出內在真我。

陪孩子與自我追尋

旦指著我身上的T恤，做動作要我脫下來，

原來她要我換上她拿了一早上的花衣裳。

宗展與我有個很深的共識，我們想要多陪小孩。這共識很深，不是怕錯過小孩的童年，或是在人格關鍵期得多陪伴的理論，而是，我們好珍惜好珍惜彼此的相遇，因此很想很想多多在一起。

那份珍惜的心情可以用這個故事說明：

在二〇〇七年四月的某日黃昏，我們從淡水要回新竹，車子在淡金公路塞車，樹兒在安全椅子上嚷嚷，「好想完成我的樂高喔！還要多久？」玩樂高一定得有大桌子才能做到。車子塞車，樹兒很躁。我說：「媽媽說一個等待的故事給你聽。」

很久很久以前啊，爸爸和媽媽相遇了，我們很相愛，但是不能在一起。不能在一起，怎麼辦呢？只好等啦……你知道我們等了多久嗎？很久很久，我們等了四年，才可以在一起，然後又等了四年，才能結婚。那你知道我們結婚之後發生一件最棒的事情是什麼嗎？

「不知道。」樹兒超級好奇。

那就是……你出生了呀！你本來是天上飛的天使，終於等到我們，於是，你決定要當我們的小孩，下來住在媽媽的肚子裡長出人的身體，然後，你就變成我們的小孩啦！

後來，我們又等了四年，又等到一件很神奇的事，那就是旦旦也來啦！她也下來地球，跟我們在一起了。

真……好……

我說完這故事，汽車裡一片寧靜，樹兒再也不吵了，車子也順利地上了大度路，回家的路一下子變得很近。

「終於可以在一起了。」這是我與宗展，很深的心情，

「終於可以見到你們了。」這是樹兒剛上學回家時，很深的心情。

現在，擁有這心情的，則是女兒旦旦。她的心情是，每天黃昏的時候，「終於等到媽媽了。」

我到淡水給一天半的工作坊，週六一天，早上四點至下午四點；週日半天，早上八點至十二點。我上課的時候，宗展陪兩個孩子在民宿混；我下課的時候，我們一起在淡水

玩。

週六一天，中午是宗展最難熬的時刻，買便當回民宿吃，旦喜歡自己吃，端著碗到處遊蕩，到處打翻。週日半天，多了我的小妹來作陪，宗展就輕鬆多了。

上完半天課，下課時，我回到民宿，旦手上拿著我的花衣服，看到我，伸手讓我抱。小妹對我說：「她太想念你了，拿著你的衣服兩個多小時都不肯放下。」原來宗展收拾行李時，旦發現了我穿過的花衣服，她就搶走那衣服，拚命擁抱，再也不肯放手。

聽到妹妹描述這場景，我是心疼的。「想念我ㄚ！旦旦。」我將女兒擁入懷裡，旦旦就這樣被我抱著，很久很久，從中午十二點，到黃昏六點回到家。在車上，她指著我身上的T恤，做動作要我脫下來，原來她要我換上她拿了一早上的花衣裳。我懂得，「她想要感覺到衣服裡真的有媽媽的感覺」，我就在汽車上換上花衣裳，換上充滿自己體味的髒衣服。

下午，我們找了海邊的咖啡店坐下，旦在我懷裡安睡，宗展陪樹兒做樂高，小妹做她辦公室未完成的工作。整個下午，我好滿足，很沈靜，在我心裡，好像只要抱著旦，世界就足夠了。整個下午，沒說什麼話，樹兒專心做樂高，我專心抱旦旦。

我想起很久以前，樹兒在我離家工作又回家時，他會不肯立刻讓我抱。我讀到他眼神裡的抗議，小小孩，還不會說話，就會感受到因母親離開太久而有的距離與抗拒。

旦不一樣，一歲四個月的她，不曾有太想念，反而有不想理人的現象，她總在第一瞬間就看到我，第一瞬間就回到我懷抱。看起來很閒，花很多時間跟孩子玩耍的我們倆，同時也走在自我追尋的道路上。

陪小孩與自我追尋，在我們倆這裡，逐漸學會不衝突；陪孩子與專心做家事，四年下來，養足了我女性能量的完整；宗展也是，他在學習落地，學習扎根，學習真正的活在當下。

我們倆，都是腦袋過度使用的理性人士。我們倆，都是思考比行動快的讀書人。陪孩子的另一面是被孩子陪，孩子陪著我們，進入身體與情感的深度，回到充滿驚喜與哭笑的神奇世界。與孩子共處的靈性飽滿而充足，滋養了我們。

讓我們的腦袋逐漸慢下來，活在當下的感官豐富起來，讓直覺的能量充滿，歡喜與混沌的非理性回來，身心靈漸漸合一。

敬意人生

我問兒子：「樹，剛剛你拒絕的方式，讓我傷心。你知道嗎？」

樹兒四歲半的某個週六，早上十點半我們在咖啡店吃早餐，樹兒吃了鬆餅麵包火腿片，還喝了瓶鮮奶。中午十二點半，我蒸了魚，問他吃不吃。他說不吃，我理性上可接受；但情意上，卻依然不放棄，想試試。

我夾了一塊魚肉，拿到他面前：「一口就好。」（回想起來，真像是懇求。）

他皺眉閉眼睛，將臉孔轉向一邊：「不。」

那瞬間，我覺察心裡有兩股能量：一是挫折，挫折的不舒服讓我想要更努力（或生氣）；另一個是種亂亂的感覺，一下子，分辨不出是何情緒。在被拒絕的那瞬間，我雙手夾著魚肉，停在半空中。深呼吸——吐了氣，再平穩吸氣。

我覺知自己挫折背後的念頭是：「我以為我可以控制他。」我看見自己心裡那份「想要控制孩子」的緊張；於是我放鬆，放手，安靜。回到自己的座位。我再次深呼吸，發現，竟然有眼淚。我的眼淚在說什麼？花了幾分鐘時間，我靜靜與眼淚揭露內心深處。我明白了自己的狀態。

於是，我回到親職場域。我問兒子：「樹，剛剛你拒絕的方式，讓我傷心。你知道嗎？」孩子天真的說：「我不知道。」我問：「那我現在想跟你說話，你方便過來嗎？」孩子專心的說好，於是到我身邊，靠近坐下。

我看著他的眼睛說：「剛剛，你不想吃魚的表情（我模仿他），讓我傷心。」他點頭。我繼續說：「我傷心，是我看著這條魚，想著，牠原來是活的，後來死了，我們吃牠。你不想吃，是可以的。但我要你，看著我的眼睛，專心的說。」

我停頓了一下，等孩子點頭。繼續說：「我認為，這麼認真煮魚的我，還有這條魚，都需要你認真看著。」孩子再次有反應，我提醒他：「你下次可以說：『媽媽，我現在不想吃，謝謝你，也謝謝魚。』」

樹兒都聽進去了，他說：「媽媽我知道了。」我彷彿，因為自我觸碰，加上親子情意的流動，覺得好舒服。我說：「樹，媽媽不認為你剛剛有錯。因為，媽媽以前沒有認真教過你。」

下午兩點半，我將準備好的拌飯（Ω-3植物油與日本昆布醬油）拿給他：「媽媽猜你餓了，想吃嗎？」孩子很驚喜，「媽媽，謝謝你。」他吃了一口：「你特地為我準備的嗎?好好喔!」他連吃了三口：「好好吃喔!太好吃了。」他露出很滿足的表情。

心裡有股動力，想記下這生活的小片段。動力的背後，是我接觸自己與生命的過程。這陣子自己吃短期的齋，還是會蒸魚或煎蛋給家人吃。在蒸魚時，觸碰魚身時，我知道自己很專心。直到，因被樹兒拒絕，觸碰到傷心，才明白，專心的我，還很敬重，敬重眼前的魚身。多年來，宗展與我都喜歡原住民的獵人哲學裡，敬重生命的精神。神話大師坎伯說：「生命吃生命而延續。」我敬重生命的每份際遇，包括我選擇了吃生命這樣的生活形態。

對於入口的生命，我無以回報；回報的，是更認真的活，也將自己給出去，以及，在煮食與吃食過程的敬重與珍惜。

在教育的立場，想傳遞的也是這份對生命的敬意。這份敬意，得發自內心，由愛出發，而不是透過規定，從恐懼出發。

想起我手停在半空，被孩子拒絕時的挫折，若我當時，無法涵容自己的挫折，站上權威者的立場：「孩子，不可以這樣對媽媽說話。說話要有禮貌。」也許，孩子會聽話，以後也學會禮貌。

但我可能，無緣接觸自己正在發展的敬意人生觀。孩子心裡與生命的聯繫，也無緣開始學習。這是我們家，學習敬意人生觀的第一步。我們敬重生命，是出自愛，出自意識到生命本源於一體的神聖感。

昨天週日，我們去朋友家聚會，到了朋友家門口，想起一年前的聚會。我對腿上的旦說：「一年前你也有來喔！不過那時候你住在媽媽肚子裡。」兒子樹，也彎腰凝視妹妹對她說：「你現在長太大了，進不到媽媽肚子了喔，除非在你的夢裡。」旦看看哥哥，開心的笑著。這兩個寶貝，經常有如此可愛的互動出現，讓我好歡喜。

回想起宗展與我，從相遇到終於能在一起，也糾葛了九年的曲折，我們終能順利度過，得到許多祝福，還生了兩個孩子。

這兩個生命，能活在這兒，得感謝前面，許多的機緣和受過的苦。

想到此處，我雙手合十，目光含淚，對命運，帶著感恩與敬意。

給菘的一封信

菘請媽媽在路邊停車，然後菘把車子的窗戶全部都打開，打得很開很開，讓菘可以跟天上的姑婆說話；菘跟天上的姑婆說再見。

菘是姪兒的名字，妹妹的孩子，與樹兒差十五天出生的表弟。

這是一封給菘的信，姑姑在二〇〇七年六月去世，八月告別式之後，妹妹打電話來問：「我兒子很傷心，怎麼辦？」於是我寫了一封信，讓遠在南部傷心的菘，可以透過網路看到。

親愛的菘：

這是阿姨給你的信。

今天，你度過了特別的一天，因為你的媽媽一大清早，在你睡覺的時候就離開你，直到放學，你才看到媽媽。從你出生以來一千九百多個日子，媽媽從來沒有離開過你這麼久，不是嗎？所以你問媽媽：「為什麼你離開我這麼久？」

後來你聽媽媽說，原來媽媽是去跟姑婆說再見，因為姑婆死了，變成天上的神。菘，這消息讓你好難過，你一直哭，一直哭。你急著問，姑婆為什麼會死？

她生什麼病？為什麼醫生沒有醫好她？她住哪家醫院？為什麼，你沒有去跟她說再見？

你一直哭，一直哭……直到你的媽媽也哭了，才打電話給阿姨，要阿姨跟你說話。

阿姨問你：「你是不是很想念姑婆？」你說是。

「你是不是心裡很難過？」你說嗯。

「你是不是生氣姑婆沒有跟你說再見就走了？」你說對。

「你是不是很想跟姑婆說再見？」你哭著說嗯。

你在電話那頭，邊哭邊說，嗯……嗯……嗯……阿姨覺得你稍微平靜點。後來，阿姨答應，要將姑婆的照片貼在電腦上，讓你從外婆的電腦裡，看見姑婆，跟姑婆說再見。

阿姨想，你可以看著天空，對姑婆說：「姑婆，我是菘，我很想念你。」「我想跟你說再見。」「你在天上要過得幸福喔！」或是，你也可以請媽媽點一根香，請阿祖或是阿公，跟姑婆說菘想念她。因為姑婆是阿祖的女兒，阿公的妹妹喔！

後來聽媽媽說，菘想到了一個更棒的方法。菘請媽媽在路邊停車，把你抱得緊緊的，然後菘把車子的窗戶全部都打開，打得很開很開，讓菘可以跟天上的姑婆說話。菘跟天上的姑婆說再見。

媽媽說，菘這樣做以後，心情就平靜多了。

阿姨聽了以後覺得很感動，菘想到了好辦法。

人死，身體死去，靈魂還可能活在很多地方。姑婆活在你的心裡，當你想念的時候，你就感受到對她的愛；姑婆活在你的心裡，當你想起姑婆疼你的樣子。姑婆活在天上，當你抬頭想念，她會祝福你。姑婆活在風裡，活在蝴蝶的身體，活在太陽底下……

人死了，身體回到地球的懷抱，靈魂回到天上。只要心中有愛，就能用一種特別的方式感覺到。

親愛的菘，阿姨愛你。你是個充滿感情的孩子，你會生氣，會難過，會心裡酸酸的，這都是很健康的。因為你心裡有愛。

今天啊，你的媽媽也哭得好傷心，她也心痛，心裡酸酸的，捨不得姑婆。外婆也捨不得姑婆，也哭得很傷心。外婆哭的時候，媽媽和阿姨都有抱她喔！

所以，如果你有一點傷心，就請媽媽抱抱你；你的媽媽如果有一點難過，你也可以抱抱她。這樣媽媽就會感覺到你對她的愛。因為我們都愛姑婆，所以才會在姑婆離開的時候傷心。

說再見的方式有很多種，你今天已經找到一種了。

樹在姑婆死的時候，有去跟姑婆說再見。他還記得姑婆死去的身體躺在床上，上面蓋一張黃色的布。我們用點香拜拜的方式，跟姑婆說再見。

樹還跟我們一起用紙摺元寶，摺蓮花。摺的元寶和蓮花可以燒給姑婆，送她好好走。這是我們跟姑婆說再見的另一個方法。

樹從兩歲開始，就會害怕阿姨死掉，害怕姨丈死掉，樹哭了好多好多次，他會問：「媽媽，你會不會死掉？」阿姨跟樹說：「媽媽會很認真讓自己活得很健康喔！」

我們常常討論，要怎麼樣才會活得很健康呢？阿姨，姨丈和樹有約定：

我們都要認真照顧自己，讓自己快樂，讓自己健康，要刷牙，要吃飯，要吃青菜，要運動，要玩耍，要相親相愛……要抱抱，要笑笑，想哭的時候就哭哭，不舒服的時候說出來，要多玩遊戲，少看電視……這是我們想出來，很健康，讓自己活很久的辦法喔！

菘，你也可以開始和你的媽媽爸爸一起想辦法。

阿姨知道一個活得很好的祕密，那就是愛。你想想看，這地球上有多少個愛你的人活著，有你爸爸，你媽媽，你姊姊，有阿姨，姨丈，阿嬤，樹，昕……你數數看有幾人，大家都會很認真活下去的。還有更多更多，讓我們一起讓自己活得很健康吧！

愛你的阿姨上，二〇〇六年八月一日

我真正想要的

我急著趕路，忽視了心裡真正想要的生活。

女兒一歲四個月左右，一向是兼職的宗展，有個機會考慮要不要專職。宗展說：「今天早上我等待旦旦起床，在床上陪她玩了半小時，覺得很幸福。」「就這樣了，孩子還小，兼職就是我的選擇。」我感動且支持，心裡連結到，陪伴旦旦時，感受到的幸福。

旦旦是個特別的孩子，她是清醒的，她知道自己要什麼，不要什麼。從六個月以後，她就用手指，堅定地表達，不是用哭的。

旦旦與人之間，有許多當下的連結，當我與旦旦在一起，就是與她在一起，很簡單地就專心了。旦旦喜歡水，喜歡洗澡，喜歡泡湯，她泡湯的樣子，讓人賞心悅目。小小的身軀，靜靜地坐在淺水區，她不要人扶，她靜靜地，安詳地，舒適愉快地，安然坐在水中。享受，安然地享受，歡暢地，與水在一起。

很小的時候她喜歡吃東西，什麼都要吃，最近她比較不愛吃東西了，她探索這世界，聲音，動作，語言，還有水。看到她，會有種活著的鮮活，與生之本能，臨在與靠近。

旦就是純粹地「臨在」，她沒有心思，單純如水，卻也深邃似深谷。分享她的存在，這是在她身邊的照顧者，所得到的贈禮。旦旦一直很如是地存在著，她要什麼，她不要什麼，她堅定清晰地表達（即使不會說話）。她也會聆聽，聆聽周圍人給她的回應，聆聽周圍的聲音氛圍。她簡單地在，就引發出人們心中的放鬆愉悅感。

這麼美好的孩子，我卻正在錯過。我將時間放到外頭，無論是學習或給予，好多的行事曆。我將時間用來寫字，好多想寫的，需要長時間專注地獨處；然後，我在上課的縫隙以及書寫停下來時，想念女兒。寫到此處，看見自己的矛盾，覺得有趣。

每當我以為時間不夠用，我就會用錯時間。我真正想要的是如同宗展一樣，想要安閒地等著旦旦起床，溫柔或興奮或平靜地，陪她玩個半小時或一小時，ㄠ到十點半，再緩慢地，送她到阿嬤家。

我真正想要的，是早早在五點以前，就帶著從幼稚園放學的樹兒一起去接女兒，然後三個人在車上說話開玩笑，回家煮飯吃東西。我真正想要的，是享受她還這麼小，躺在我肚子上喝奶的信任，我真正想要的，是空下心來，每天晚上，陪樹兒和旦旦，玩造飛機遊戲。我真正想要的，是推著她去菜市場買東西，然後找個好位置讓她坐好，調理食物，一起享用。

這是我真正想要的。而兼職的我，時間表變得比專職還要滿。我少了分享日日臨在的專注。我急著趕路，忽視了心裡真正想要的生活。

每當我以為時間不夠用，我就會用錯時間。親愛的理書，時間，不是你以為的，是一條線，時間是個神祕的，球體。

我如此，低低吟唱，給心靈深處，急著趕路的自己。

陰影，讓光亮被看見

最後一顆，我切開一半，吃了一半說：「樹，分你吃。」

「為什麼？」小男孩好奇。

女兒出生三個月，我每天跟女兒在一起。在幾個需要隔日早起工作的日子，婆婆說：「放到這裡吧！」於是有連續三個週二夜晚，且且晚上睡在阿嬤家。連續三個週二夜，當我忙完所有的事情，進度靜止後，躺到床上的第一瞬間，想念就跑出來。我想念女兒，很深地，總會浮出傷懷，溼了眼，落幾滴眼淚。

疼我的老公會問，「開車去將女兒接回來？」我們沒癡傻到這樣做，不只為了週三清晨的行事忙碌，而是更重要的理由：「能有緣在幸福環繞時體會失落，是很珍貴的。」

是的，每個週三下午，當我接到女兒的瞬間，當擁她在懷裡，我都會鮮明地感受到情感的飽滿與能量的圓滿。然後，週四、週五漸漸地習慣，忘記感恩與珍惜這樣擁有。直到下個週三，再一次，心靈空間有機會「知曉」自身的充盈。

沒有陰影，無從感受到光明是什麼。

名為小靈魂的天使，與一大群天使一起和上帝住在光明之所，每個天使都是光明，一群天使匯聚成無數的光明，如同小燭火匯聚成太陽一樣。一直身在光明，而對光明渾然無法覺知的天真小靈魂想體驗，「什麼是光明？」為了回應小靈魂的呼喚，在上帝的主持下，友善的靈魂出來幫忙。他說：「我願意協助你，讓你體驗光明是什麼。」

於是，上帝讓他們的震動漸漸緩慢，他們將會變成具有物質實體的人去體驗。在雲端，出發前，友善的靈魂對小靈魂說：「來日當我對你壞，對你黑暗時，別忘了，我們倆此刻是多麼的明亮（註1）。」

沒有陰影，無從體驗光亮；沒有分離，無從感恩相聚。因為感恩相聚的幸福，於是連帶著，連疲累都一起感激了。

樹兒一直活在友善耐心溫柔裡；我們對他，沒有溺愛，卻有慷慨。樹兒最近愛吃日式火鍋料裡的魚卵甜不辣。以前，只要他愛吃，我們都隨他吃，只有我偶爾貪吃，會與他玩爭食遊戲。

最近，因為記得陰影與光亮共存之重要，我用不同的方式對待食物分配。晚餐，煮了六顆魚卵甜不辣，我對他說：「樹，你吃三顆，另外三顆是爸媽的。」小男孩在開始吃炒飯前，先把三顆吃光了，「媽媽，我還要。」他看著剩下的三顆。「不好意思，這是我們的了！」我得學習看著他心裡的眷戀和渴求，吃掉屬於我們的三顆。最後一顆，我切開一半，吃了一半說：「樹，分你吃。」

「為什麼？」小男孩好奇。「因為我喜歡看你開心。」我回答。

小男孩很開心的吃下，這回，他吃慢一些些。然後他說，「媽媽，你對我好好喔……」因為分配與等待，小男孩感受到了珍惜與被疼惜。

「媽媽，你對我好好喔……」我一直回味著這句話，甜甜的童聲很動人。而最讚嘆的是，對他萬般好的我們，是第一次聽到他這樣說呢！

孩子開始學習感恩，我們得以回收具體的良善。這源起，是我開始懂得聆聽，聆聽萬物均衡，失與得，沒有與有，是同等重要的。

註1：《小靈魂與太陽》，尼爾・唐納・沃許（Neale Donald Walsch）《與神對話》的作者／方智出版。

能活著說再見，真好

看在眼裡的樹目瞪口呆，我呆立說不出話來，還在刷浴室的宗展跑過來，樹大叫，「發生什麼事？」

中午吃飽飯後洗碗收廚房，樹在一旁遊戲跑來問：「我的鼓棒在哪裡？」我一分心，用溼抹布時碰到了插電的檯燈，電流沿著檯燈流向雙手，電磁力將檯燈吸在手上，被電擊的雙手一痛掙扎甩掉了檯燈，我大叫宗展「爸爸……」檯燈掉在地上。

看在眼裡的樹目瞪口呆，我呆立說不出話來，還在刷浴室的宗展跑過來，樹大叫，「發生什麼事？」「發生什麼事？」樹問了三回。每回我們都認真解釋，宗展還示範插座與電流的關係，說明媽媽被電到是什麼感覺。他才懂了，拿他手上的柚子放到我手上，繼續去找鼓棒。

摸著溫柔的柚子，驚嚇的我才掉出眼淚。就是被震撼到了，電流從指尖流向手臂，穿過手肘向上時被我震掉，覺得與恐懼或死亡照面。我靜靜地坐著，掉了些眼淚。

兩歲半的樹跑來一次次摸摸媽媽，宗展坐在一旁看著。然後我好了，說：「媽媽差點死掉！現在沒事了。」我繼續擦廚房，樹找一本叫《龜兔賽跑》的繪本，宗展也回去浴室繼續刷洗。

孩子問「發生什麼事？」是他為自己安心的方法。

記得有一回他看到我的腳趾頭受傷，也問了二十多回。「你的腳發生什麼事？」他不是理性上不懂，而是他需要一次次疏通的感情，透過我們認真與之對答，讓那個驚嚇，深怕失去父母的害怕流通過，不再阻塞。有趣的是他自己流血時，只要問個兩次就夠了。血流在媽媽身上反倒需要更多次，經驗才能疏通。

一種全家共命的感受。與死亡貼近的驚嚇不會流淚，淚流的是瀕臨分離的不捨。出門時我們在車庫分離，媽媽要去上班，爸爸要去上班，樹也到阿嬤家認真上班喔！

「能活著說再見真好！」

「能活著說再見真好！」

「能活著說再見真好！」

剛剛被死亡拍過肩膀的我，特別珍惜活著的點滴。

遠距離的凝視

下車後，「媽媽……」他叫了我一聲，遠遠凝視著我，
「要等樹回來喔！」
我竟然有一種被照顧的疼惜感。

當媽媽的我，心靈經常會離家。

兩歲多一點又敏感的樹兒，總在我離家回來後，需要一次又一次確認。小人兒的愛與柔軟，最讓我心疼了。原來，這是我心裡對樹最柔軟的記憶。為了完成一件新作品，我在精神上離開樹好一陣子；意外的禮物是：我得到他遠距離的凝視。

那新作品是一個四天的工作坊，一個我自創的心理治療門路。工作坊來了七十多人，許多深層的童年心事許多無助的人事滄桑……我連夢裡都還在別人的故事裡。宗展與婆婆全力支持。白天，八點到五點，我們倆離開樹兒去工作，下午，接回他時，能與他遊戲、交談的只有宗展，我人回家，但心還在工作坊中。

我在哪裡？我在構思與白日經驗的迴盪裡，同時也在我的病裡，病？是的，我同時生病了。惱人的感冒，頭昏、失聲、劇烈的咳嗽……這病彷彿一道無形的悶空氣，在下課後，隔絕了我與樹。

於是，三人開車時，樹和爸爸聊天；我窩在後座無力的休息著。樹說要去風城遊樂場打太鼓，我說那媽媽在車上睡覺等你們。樹一路計畫著行程。「樹和爸爸去打鼓，媽媽要在樹椅子的旁邊睡覺。」到了停車場，下車前，小人兒叮嚀著，「媽媽要好好睡覺喔！」下車後，「媽媽……」他叫了我一聲，遠遠凝視著我，「要等樹回來喔！」

我竟然有一種被照顧的疼惜感。

於是，在每日六點多（我七點多起床與離去）的床上，樹養成了睜眼不睡覺的習慣。他會眼睜睜的凝視我，「媽媽……」柔聲叫一下；若我醒來，摸摸他臉，他就會一下又睡著。隔幾分鐘，他又張開眼看我，「理書媽媽，宗展爸爸呢？」要睜眼好多回，一次次詢問，然後再一次次，得到保證，才又睡著。

我得到了孩子遠距離的凝視。遠遠的，小小臉上的大眼睛，眼睛不染風塵，明亮地盯著我，我讀到濃濃的感情、照顧，還有相信。孩子是相信媽媽在的，媽媽只是躲在自己的世界。

我回到少女時代的自閉與無憂。四天吧！我得以完完整整擁有私我的世界。不同的是，我身邊有兩個深情的眷戀和照顧。

我有一種被孩子照顧的感覺，用他遠距離的凝視。

我的離開產生了他的靠近，想起之前緊密的跟隨，孩子似乎連學習凝視的機會都少了。

原來親密的厚實是在遠距離與近距離的移動之間，一層一層編織的。

高燒深夜母親的心

凌晨六點，又是40.2……昏睡的我無心等待，立刻又是半顆退燒塞劑。

其實我立刻清醒了，睡不著起因於被引發的恐懼。

二〇〇五年農曆春節剛過，我們母子一同感冒，是病毒吧！都是胃腸症狀與高燒，不同的是在身體和病毒戰鬥時，我的戰場費時短，且因為身體體積大，能涵容的熱量多，身體微溫但沒高熱。倒是樹兒小小的身體，受折磨了。酣戰的那幾日，體溫計上說著40.3、40.5……的故事。

於是我無法入睡，看著體溫計，頻頻測溫，是否為他塞肛門塞劑呢？我總是這麼願意等待與相信身體受苦的意義。十二點……兩點……忙著擦汗……忙著看他……又怕他冷到，又怕他悶熱無法退燒……兩點到了，退燒塞劑進去……觀察到他有降溫的情形，我才入睡。

凌晨六點，又是40.2……昏睡的我無心等待，立刻又是半顆退燒塞劑（樹兒聽著我哄他，屁股吃藥藥……就舒服了。柔順地接受我技巧越來越純熟的動作……）其實我立刻清醒了，睡不著起因於被引發的恐懼。兒時的經驗裡，塞塞劑是大事，要燒高燒才有的動作，無法理解要有連續兩顆藥劑的高熱，理性的理解無法安頓我非理性的心情。睡前電影《靈異拼圖》畫面裡母親拚命奔跑尋找孩子的畫面刺痛我；童年自己生病母親擔憂與疲憊的沈重還壓在肩頭。

樹兒靠著我睡，我的手肘、頭、胸口……分別從他的胸口、太陽穴、手腕……聆聽到好快好快的孩童心跳脈動，彷彿自己的脈動也跟著一起狂飆……即使孩子順暢的呼吸，但他嘴裡呼出的溫熱裡傳來一種細菌腐臭的味道還是牽動我，我觀察著自己被一種會失去孩子的恐懼攫住……

於是總得做些什麼，做了能量治療。心知等待是最好的良方，心還是在平靜與焦躁裡遊走。即使我知道底層的理性給了我很大的安穩力量。忽然覺得自己很渺小，覺得需要神的力量，安慰與陪自己。自從父親驟亡，放棄對神的信仰之後，從來沒有覺得那麼願意再次仰賴祂。也許我的人也在病程裡，樹兒的體溫和脈動和我形成了整體，引領我跨越小小個人自我的限制。

我開始尋找神在哪裡。前一陣子帶領冥想時的聖靈白光，此時無法出現，即使用想像力也還是微弱的淡淡光暈，像被一層濃霧遮蔽。我再次尋找，童年跟隨祖母的信仰已被我的後現代解構一空。我閱讀佛經，但沒長期禮佛，我許多的成長經驗與教堂有緣，但也不曾禱告如儀的過日子。

這麼長的日子，我仰賴潛意識力量幫助自己，卻不知怎麼幫助樹兒。菩薩、上帝、佛祖……對我而言比較像朋友，像哲學家……而不是能仰賴，把自己交託的大靈。昏睡中，思考著自己因父親驟逝的傷痛，捨棄了一種最根部的信仰。從而只信仰自己的思考、信仰潛意識的想像……無法信任別人傳聞裡的偶像。

忽然，藥師佛祖的影像自動出現。放鬆了……感覺自己慢慢放鬆……有如老婦人一般的虔敬，南無觀世音藥師佛菩薩的佛號是我在心裡能自然稱頌的……慢慢的，我和樹兒籠罩在一片祥和的綠光裡，那不是一種想像，而是一種感受。後來我睡著了，睡前的記憶是用手碰了碰樹兒的額頭，漸漸清涼溫暖……

起床後，記得夢裡燦爛的景象……一隻白貓堅定的爬上一座翠綠的山……而疊影裡，那是一隻滿身金光的貓行走在五彩鮮明的光影裡。覺得自己是那隻白貓，忘記我身處的五彩光影。我在理性的路上行走，終究要回到有信仰，能意識到有神看顧的放鬆裡。

我問自己，還要獨行多久？

進入神靈世界的千尋

我，在成為媽媽之前，是個自以為不尋常的女生。

成為媽媽之後，生活對我開始有不同的意義。

宮崎駿的卡通《神隱少女》裡，千尋無意間進入神靈的世界，一個人類不該進去的地方。她的爸媽由於貪吃被魔法變成豬。驚慌逃跑的她遇到恩人白龍，白龍教她，在那兒唯一存活的方式是去湯屋工作。

湯屋，一個招待過往神靈泡湯的大屋子，湯婆婆，一個女巫，喜歡蒐集寶石，被利欲心抓住的女人。在千尋與她訂工作契約時，湯婆婆用魔法取走千尋的名字，另外給她一個小名：「以後你就叫小千。」被取走名字的人，將回不到原來的地方，終生為湯婆婆所利用。

湯屋，一個不工作就會被變成煤灰的地方，工作是唯一活下去的方式。

當老二出生後，我覺得，自己像是進了湯屋，非勞動不可，而我的名字，某個程度也被取走，心中的魔法師跟自己說：「以後你的名字就叫『媽媽』。」

與千尋不同的是，我自願成為媽媽，自願讓自己的名字被取走。我選擇成為女人們之一：妻子、媽媽、家庭主婦。除了多年求學擁有的知識力量之外，我更積極尋求另一種力量：女人，亙古永存的女性力量。

千尋，在進入湯屋之前，是個尋常的日本少女。愛抱怨，只在乎自己，覺得人生沒什麼意思。

我，在成為媽媽之前，是個自以為不尋常的女生，愛幻想，只在乎心靈，覺得生活瑣事沒多大意義。

千尋，在剛進入魔法界，還沒進入湯屋前，曾經借白龍的咒語之力來逃跑；後來，她在湯屋裡求生存，歷經各種劫難，結交各種朋友，最後她救回爸媽，她完全靠自己的力量。

她的勤奮在湯屋裡立大功，讓被誤認為腐爛神的河神恢復神的原貌；她的無所求，在無臉男變成貪婪危險的吞噬者後，能帶無臉男離開；她用真誠與無辜與錢婆婆巧遇，也得到她的信賴和協助；她的愛與勇氣拯救白龍的性命，讓白龍想起自己原來的名；她救回被變成豬的父母，拿回賣身契約，與父母一起回到原來的世界。

回到原來的世界，擁有可以作個平凡的女孩的自由。

成為媽媽之後，生活對我開始有不同的意義。孩子柔軟芳香的小身體，嗷嗷待哺的迫切哭泣；孩子的渾然，本能與情感的存在。

媽媽，沒有自己的名字；帶孩子從混亂能量回復平衡時使用的歌聲、節奏與體溫；撫育孩子長大的勞力與心力；安頓環境的整理、清潔、除舊換新。媽媽，雖然沒有名字，卻有著諸多新名字：照顧者、歌唱者、餵哺者、聯繫者、清除者、命名者。

千尋經歷了另一個世界的旅程，她帶回什麼？而我，進入女人的世界，要經歷什麼？

千尋帶回了視野、品嘗了力量，那是一份與世界的聯繫，對世界付出的平衡。我重新聯繫心中的女性，找回對自身女性力量的尊敬。

那份母親稱之為犧牲的辛勞，我正名為「天職」。當我認分專注地盡我的天職，我漸漸感覺自己著根於地。現在的我，一睜眼開始就開始「工作」；抱小孩、幫他們穿衣服、煮早餐，洗碗、洗衣服、接送小孩。這些被我的親生母親視為「沒什麼」的勞動，在我的身體裡若我專注覺知時，漸漸成為一種韻律，如同母親吟唱的搖籃曲，搖著我與身體連結。

過程裡，腦袋的思考漸漸不那麼有影響力，一種渾然使用身體的純粹，以及事情完成後家恢復秩序的喜悅，成為新的自由。

一週有四天，一天有七小時，當婆婆帶孩子時，我別上名字，再次成為理書，思考書寫以及做有金錢酬賞的工作。這樣的離開，讓我在回到家庭時，得以更有感受與感謝。

千尋的父母因對「另一端的世界」沒有敬意而變成豬。（她的爸爸說，主人不在有什麼關係，先吃再說，我有錢呢！）千尋學會了在異端世界裡，本著敬意與勤奮，於是得以再次回到原來的世界裡，過平凡女孩的生活。

我學會了對童年被摒棄的女性領受敬意和感恩，於是得以整合不同面向，成為更是的自己。

離開，再回來

以前我一離開動輒半年，宗展還會長出滿臉青春痘。

我好奇地問他怎麼了。

兒子滿三歲的時候，我離家到新社一處美麗的山區工作，山上的經驗濃烈而奇妙，但車子抵達台中市區看到來接我的宗展時，心一下子只想與他們在一起。然而山上的故事還在我心裡迴盪，於是我眼睛無法對焦，看著樹兒和宗展，又同時看著不遠處的回憶，人變得恍惚起來。終於在隔天一覺醒來之後，才真的回到家，神魂俱在。

宗展出門工作了，樹兒還酣睡著。我躡手躡腳，梳洗、大號，打開久違的電腦，電腦尚未暖機，樹兒的腳步聲急切。「爸爸呢？」孩子問。「爸爸出門工作了，媽媽陪你。」孩子：「我不要……」樹兒邊說小身體已經坐在我腿上；眼睛嘴巴尋找著爸爸，身體與我的聯繫卻那麼自然。我正在聆聽音樂CD《藥師佛心咒》，他也寧靜歡喜地看著我電腦上的螢幕保護畫面。

一個早上的時間就是：洗奶瓶、陪樹兒梳洗、上大號、玩耍，心裡盤算中午吃什麼……於是有一種回到人間的扎實感，彷彿瑣事的平凡與微小，與治療工作的奇妙和戲劇，同時在我心裡都是扎實。我喜歡兩者俱在編織出來的扎實感。

中午宗展回來吃飯，這時我才真的看到別後的他，氣色變黑，身形變瘦，嘴唇變厚，唇上淨是凍傷乾裂的皮，還長了水泡。

不可置信地看著他，這些變化一如這十年來，每回離開再見時的情景。以前我一離開動輒半年，他還會長出滿臉青春痘。我好奇地問他怎麼了，只有三天，不是還有樹兒嗎？他說，「你不在時，我的心思都在外面，很少回到內在，失去了規律和重心。」

一聽心裡凜然，我不曾用這樣的位置想像過兩人的關係。

很久以前宗展說過一個隱喻故事，說他是一隻飛不很高的風箏，只想停留在四層樓高，我說我是沿著線爬上陪他聊天的蜘蛛，蜘蛛為了讓風箏飛得更高，看得更遠，咬斷了風箏線，用自己吐的絲，繫起了風箏與家屋的關連。

原來我在家時經常往外跑的宗展，心反倒在家；我離家時的宗展，無論人在哪兒，心裡的家空空地鮮少駐足。能隨時找到我的宗展，他的靈魂也回家，於是他像個有家的男人，懂得照顧自己，會刮鬍子，會吃飽飽。當我們的家空下來，即使他照顧了兒子，但卻忽視了自己，像個沒人照顧的空房子。原來我是宗展心房裡的家。

回家後第二天，一切恢復原貌，樹兒心裡爸爸媽媽的天平，又恢復了剛剛好。

完整的接納與愛

我找到自己多年來，透過樹兒與昕兒的磨練，豢養出一個可以無條件愛孩子，愛他們就是愛他們本來樣貌的母親的能耐。

理書與女兒旦旦。

理書的先生宗展與兒子樹兒。

當女兒

父親去世，媽媽開始過一個人追尋夢想的日子，
擔憂她成了我愛她的方式。

爸爸媽媽一直是我生命裡最重要的人。

八十一年他腦出血去世，過於突然的死訊，從此我把自己推入陰暗的深淵。

父親去世，媽媽開始過一個人追尋夢想的日子，擔憂她成了我愛她的方式。

父親的去世，深層的創傷，
讓我的生命從單純的女孩變成心有裂縫的女人。
母親的追尋，生活的歷練，
讓我重新思索女性的生命，讓我肯定原來媽媽是不需要我擔心的。

我結婚，婚變，再婚，成為媽媽……繞了一大圈。九十一年，兒子在這一年出生。
父親去世後十年，我終於感覺擁有自己的家，
把心從死亡陰影中拉出來，給出空間，給丈夫給兒子，給自己。
成為媽媽的我，與媽媽更親近了。

敬佩與喜歡她，成為我與母親相處的能量。

與死亡的每一次照面，都將我拉回更珍惜的活，
彷彿，死的陰影是為了烘托活的陽光，
父親的離開，讓我及時學習，珍惜並敬重我的母親。

死與生的界限，在我閱讀自己的文字之際，開始模糊起來。

原來，時間不是一條直線，時間是不停循環的大圈圈。
原來，愛永遠不會消失，接納父親的死之後，我逐漸在心中復原了父親的愛。
原來，愛要不停地學習，看見母親的力量之後，我在心中充滿感恩地，珍惜與她見面的每一餐飯，每一個擁抱。

在漫天風雨裡望著你遠去

我知道，無論如何，我得回去陪媽媽切片，不是為了她，
而是為了自己內心的傷口。

二〇〇五年十二月，很少主動打電話給我的媽媽，在我工作開始前，打電話來東扯西扯一番之後說：「媽媽有壞消息……我可能有大腸癌。」那天下午，我的團體工作有許多靈性的溫柔，學員們也有很多學習；但我的心憂傷著。我心想，也許會是虛驚一場，但曾浸泡在生死學與安寧的我，與癌症的連結滿扎實的，知道比例，也知道若是真的，前方有什麼道路要面對。

「什麼時候再檢查？」我在電話裡問。「你忙就不用回來，我有朋友陪。」媽媽一如慣例的回答。這就是我的媽媽，永遠不想麻煩孩子的女人。後來我堅持陪她去做第二次掛號，她終於不推辭，讓我牽著她的手，奔走在醫院裡。媽媽的手，是一雙很厚而溫實的手。即使我去陪她，我也感受到當女兒的跟隨以及單純地陪伴，什麼事她都自己來。

她要切片的那天，我掙扎了好幾次，是否要趕回南部陪她？不回去的理由是，想要讓弟弟有機會陪伴。想回去的理由，則藏在心底，我想說出來，那是只有老公會知道的理由。與無常的相伴好多年，從父親驟然消逝就開始。

我一直以為那創痛被治療過了，直到準備回家陪媽媽切片的早上，我去新竹火車站買票，同樣的路徑，同樣的步伐，時空掉回十多年前，已經走向月台準備回家的我，臨時決定延後一天回去，我打電話問媽媽：「爸的狀況還好嗎？」媽說：「你有事情去忙，沒關係，你爸沒事。」

那次，我錯失了見父親的最後一面。父親在昏迷前，嘴裡叨念的是，「理書不是說要回來嗎？」

我知道，無論如何，我得回去陪媽媽切片，不是為了她，而是為了自己內心的傷口；那叫做，帶著內疚的創傷。心靈深處的創傷在媽媽有狀況的日子出土了，這正是自我療傷的好時機。

潛意識心靈以一種形似的原型被勾引出過去的能量。

我開車去買車票時，心中斷續哼著一首曲子，直到後來大聲唱出，才聽見是歌手娃娃的《大雨》。「……在漫天風雨裡，望著你遠去，我卻悲傷得不能自己……」我無意識不停地重複這一段，其他的歌詞模糊了，藉由唱歌心中哀悼吶喊。「……在漫天風雨裡，望著你遠去，我卻悲傷得不能自已……」母親癌症的可能勾引出內心失去父親的創痛。即使陽光普照，生活如常，心靈深處唱著……悲傷地不能自已……的歌聲。

整整一週，我無心工作，沈溺地陷在與樹兒和宗展的三人生活裡。我珍惜地生活，珍惜地記下生活的感動瞬間，想抓住的，就是「活的片刻」。

我坐在火車上記錄下這一陣子的心情。豐原站到了，離家不遠。心中想起方才樹兒在月台上嚷嚷：「我今天也想跟媽媽坐火車。」火車啟動，隔著玻璃，我用盡各種手勢，嘴型……讓樹兒明白，「媽媽會認真在天黑時再坐火車回來。」

心想著，如果天黑時我能坐火車回新竹，那表示，阿嬤也平安無事。

晚上，在媽媽檢查結束後，我坐火車回新竹，車行到竹南時，忽從昏睡中醒來，猛一轉頭，看到宗展抱著樹兒從車的前頭走過來。像是早就知道他們會來接我似的，我的轉頭，中止了父子倆的神祕計畫。我驚喜的表情讓樹兒直嚷嚷：「我還要再嚇媽媽一次。」

媽媽沒事，心裡的陰霾消失，晴空朗朗。虛驚一場，切片後，還躺在醫院等麻醉藥退去的時間我們很沈靜。一起等在檢驗室的弟妹與我，聽到沒事時，大家都落下淚。拉著宗展和樹的手，三人晃啊晃的，晃回後車站的停車場，更真切地體驗到活著的感覺。我心裡深埋在火車站的記憶，與失去父親相關的創痛，在這次經驗後，多了溫柔的包裹，伴隨生命繼續前行。

父親去世了……我活著……兒子出生了……生命延續不已。

給不出支持的時刻

是啊，媽是需要一份認同與支持；而我，沒有給她。

我明明是心疼她才撥電話的，卻掉入無法支持的地步。

二〇〇六年四月，在我起床最清明靈性的時刻，沒聽從心裡的聲音：「趕快穿好衣服保暖，然後喝溫水，把晨間乍醒的智慧寫下來。」我沒吃沒喝，穿薄睡衣光腳丫，蹲在冷冷的地板上緊縮著身體，撥電話給媽媽，把清明時光用掉（註1）。原來我對媽媽有掛念，因為上週聽妹妹說，媽因弟簽字離婚的事跟親家吵架，因為媽的爭執，差點壞事，她念了媽好久。

果真電話那頭，媽的怒與不甘心又打開，她說著姻親如何過分，在她的心裡認為弟弟過於憨直，我們家吃了虧。我想澄清我們不是怕事，也不是過於憨直，只是選擇了能讓事情趕快了結的靜默策略。我還想說，在靈性層面，去罵人去傷人，才是讓自己有損。而我寬諒的執著封閉了能聆聽的心，媽一句話也沒收到，反倒重複循環說她如何應戰。許久後我才醒悟，原來媽是需要來自我的認同與支持吧！

是啊，媽是需要一份認同與支持；而我，沒有給她。我明明是心疼她才撥電話的，卻掉入無法支持的地步。因為無法聆聽，我在電話這頭拚命咳嗽，打噴嚏，增添媽的操煩（註2）。操煩我的媽，果真放下她的抱怨，不說姻親的事了，給我一個桃葉蒸氣治過敏的偏方，叮囑我好好照顧自己。

我看見，自己不接納媽媽的怒與怨，因為我不要媽卡在業的循環裡，無法自由。這麼深情的愛卻沒有智慧，給得零落。母女倆繞回老模式，我創造自己的小疾病，讓媽能夠因為關心我而平息。我看見，當我不接納時離媽好遠。我像是個得道的聖人，輕嘆搖頭無奈著，數落媽的不是，如同妹妹怪媽壞事一樣。

其實在我不接納自己的媽同時，我也沒擁抱自己的人性。我心裡也有如同媽一般的「過不去」，不捨弟弟與弟媳的婚姻終了，不捨因為姻親間的糾葛讓姪子姪女們受苦。我與媽沒有差太多，不一樣的只是我很覺知，很緩慢地深呼吸，不讓衝動慫恿行事而已。若在此刻，想創造一個更能支持媽的自己，我現在能做的是什麼？我得面對自己的人格偏頗，才能給出大大的空間聆聽媽媽。

原來，在我的生命裡，衝動不曾有過一席之地。於是我輕忽衝動的力量；我無法同理，如此衝動行事的媽。為了讓自己與衝動和好，我對內在說：「衝動啊衝動，你是火爆的紅與黑，爆裂的火花形式，綻放著爆炸力。我嫻熟著將你與欲望、憤怒等包裹起來，我放棄了快速的力量形式，選擇了緩和的消化方式，我成就了溫柔與堅定的力量形式，而無法擁有勇猛戰士的壯闊。」

我回到內心深處，打從心裡感謝媽媽：「親愛的母親，謝謝你今日的點醒，讓我感受到你的勇敢與力道。當我想起你以一敵眾的形象，我此刻在心裡為你致敬歡呼。」「親愛的母親，書寫的此時，我是熱淚流暢而下的。我是多麼愛你，與尊敬你啊。」

「你的勇敢，猛烈，不就是你展現生命活力與熱情的美豔嗎？想起你一貫的鮮豔亮麗，對比於我的溫和隱藏，我們是多麼不同啊。」「為我們的不同乾杯，為人生能如此多樣的存在喝采。」

「我謝謝天地，給了我母親這般的能量，因為，這讓我更能當個自由飛翔的幸福女兒。媽媽，你如此有力道而勇猛；媽媽，你如此愛自己與愛我們。這是我們當子女最大的幸福。媽，在我心裡，對你致上我最深的敬意。」

有這樣內在狀態的我，會很舒服地先照顧好自己，找個能專注不虧待自己的好時刻，再打一次電話回家。這回，我會跟媽說：「罵得好，替我們家出口氣。」

「是啊，我們家的土，可不是軟的。」（台語，軟土才會被深掘。）

附註：

小時候，我有個隱藏模式，就是在親人受苦時，我用讓自己受苦的方式陪他。這讓我在別人受苦時無法享樂，對於自己的幸福心生罪惡。於是，我在聽聞媽媽與弟弟的遭遇，打電話的時刻，我回到過往自苦的模式，忘記先照顧好自己。即使年紀很大了，人格還是變動的，許多時候，我們就是會忽然回到小時候的樣子。這樣很傻又於事無補的模式，直到三十七歲才慢慢覺知，才知曉，保持自己的好狀態，才能給別人最好的品質支持。對於那個習慣自苦的我，心裡有一份心疼與寬諒。

我摸摸自己的頭說：「傻孩子，我知道你的心是多麼願意陪家人一起受苦。如同小時候，妹打破玻璃門，你會擔下責任，因為爸不會罵你。傻孩子，支持不一定是這樣，現在你是有翅膀的鷹，你飛得高，看得廣，你要給的，是你的視野。你可以蹲下來陪家人，給他們你的體溫，在無法給出體溫時，無須，蹲著陪著，一起受苦。」

此外，我還有個從小熟練的「技巧」：我很能讓自己生病。當我生病，媽就會變成溫柔體貼的好媽媽。而照顧我，總是她最有能量的時刻。媽很有意思，她平日活得樂觀充沛，她會在清晨醒來時想起她的五個孩子。我們沒事她不會想起，我們有事她就會掛念。掛念弟弟與姻親的事情是最傷元氣，因為無解，也無法掌控。掛念我的鼻子過敏，則會讓媽產生溫柔，給我幾句嘮叨，幾個偏方，媽就會暫時忘記弟弟的事。

一般人很難想像，孩子的身體健康可以這麼敏感的，一下子就為了自以為的「拯救」而放棄。我用鼻子過敏，除了獲得父母最多的關愛之外，我還使用它來讓媽媽轉移擔心。鼻子過敏其實在二十九歲那一年，有了覺知，並使用心理治療的方式後，幾乎全好了。一年內，還是會有幾次，鼻子想起過往，流鼻水打噴嚏，一如我小時候的淒慘。

接納與愛

對於父親的死，我內在有個如此年幼的孩童，
她任性地將死亡與愛，畫上等號，無法接納與尊敬，父親的命運。

二〇〇七年的演講季，在新竹省中舉行。第一場演講，我說了，離開省中的前一年，父親的去世。我說，從那以後，我的人生從此不一樣了。從懵懂無知地活著，進入充滿哀傷的探索之旅。

然在演講當天，心中還有更深的東西，我無法開口說出。因為來的人好多，眾多的陌生下，我無法有把握被聽懂，我無法說出，當時流動在心底很深層的東西。因此我封閉了自己，讓自己萎縮，從演講的音量與音質裡，聽得出這樣的傾向。

那天開場前一小時，莫名地我有哀傷與眼淚。那是悼念與鼓舞自己從離開省中以後，直到今天一路的探尋。我的探尋，甚至包含疾病與死亡，都在面對父親因肝病入院，卻因蛛網膜出血的腦部疾病去世對我的衝擊。這些訊息佔據了開場前的心，影響著演講的品質。直到演講隔天的早上，我靜下來書寫下一場的講義，寫到疾病時才明白，對於父親的死，我依然不接納死亡證明書上面的「病名」。

我的父親喝了一輩子酒，他得肝病，因肝病治療而住院，是我能接受的。而生命的玩笑卻是，他可能某次不小心跌倒，或只是輕微撞到頭，一個小小的出血沒被發現，進而引發腦血管中風而昏迷……這是我無法接納的。

記得當年由於保險理賠的爭議，到底是疾病或意外去世；我陪媽媽拿著一疊疊診斷書以及死亡證明書跑理賠單位。媽媽期望獲得意外死亡的診斷以爭取高額保險金；但我心裡其實寧可父親死於疾病，也就是他的肝。

我不接納「意外」的象徵，它述說了父親朝向死亡的潛藏動力。經過書寫下後我接納了。原來「長期酗酒導致肝病去世」或「意外撞擊導致腦下蛛網膜出血而致死」說的都是同一件事。父親內在，真是有朝向死亡的動力。

我不願意接納「意外」是不願意接納父親的死亡，有他個人的意志。書寫時才發現，即使他是肝病去世，也透露了他長期酗酒背後的麻醉自我以及慢性自殺的傾向。在我心中，我可能曾經這樣任性的吶喊：「爸，你這麼愛我，怎麼可以拋下我？」這是兒童自我中心的自戀控訴。

這書寫與發現引領我看到：對於父親的死，我內在有個如此年幼的孩童，她任性地將死亡與愛，畫上等號，無法接納與尊敬，父親的命運。此刻的我要尋求內在支持，讓自己真的看見凝視，並接納自己心中依然存在的年幼孩童。帶著慈愛的眼光聆聽她的想像與控訴，並愛她就是她本來的樣子。我找到自己多年來，透過樹兒與昕兒的磨練，豢養出一個可以無條件愛孩子，愛他們就是愛他們本來樣貌的母親的能耐。

我請求自身內在屬於神聖母親原型的能量，敞開她的胸懷，擁抱這一苦苦哭訴了十五年的小女孩。原來我這麼多年，跟隨余德慧(註1)老師生死學的腳步，吸收家族系統排列(註2)的智慧，透過工作坊與治療，重新找回與神的聯繫……等待我完成的，就是此刻。我能真正有力量地，擁抱這個自以為孤苦無依被拋棄的小女孩。

我在心中想像，自己抱著如昕兒大小的女孩，在台北三總病房之間的廣場，一九九二年那個得知父親死訊，無語問蒼天的那個冷冽清晨。我朝向那日的蒼天鞠躬頂禮，跪拜叩首：

親愛的蒼天，我曾經怨你，怨你取走我的父親……

親愛的蒼天，我也曾經怨父親，怨他拋下我。

親愛的蒼天，我要謝謝你這麼多年，即使我抱怨，你依然眷顧與看護我。

親愛的父親，我要謝謝你，這麼多年，即使我不放手讓你走，牽絆住你，你依然支持著我成長與前進，終於我有了放手的力量與勇氣。

親愛的蒼天，我要謝謝你讓我透過這歷程，領悟生與死更深的智慧，並真的獲得自己心中對父親的愛，這份愛不僅滋養了自己，也豐沛到足以分享出去。

親愛的父親，我要謝謝你，給過我的所有。你給我的生命，給我的照顧，關愛，以及用特殊的目光凝視我帶來的祝福，包含把我當成美麗女子的欣賞以及期許我是個頂天立地之男性之信任。

親愛的蒼天，我接納這一路的際遇與安排，也感謝引領我今日得以在此感謝的所有機緣。

親愛的父親，請求你也放手，信任我已經是個成熟的大人，離開你的期待，作我自己原來真正的樣貌。

在我的心裡，我永遠是小的，永遠是你的女兒，永遠看重你。感謝你傳承給我的，並帶著我的創造力，將它給出去。

這是，我給予自己的陪伴與引領，是一份，因為鍾愛，於是給自己的禮物。從今天開始，我可以這樣稱呼自己：鍾愛的理書，beloved Mali。在視覺想像中，那廣場由於我的頂禮，充滿了柔和的金色光芒。我手中抱著的小女孩，她雙眼明亮溫柔的微笑，慢慢地融化在我的胸口，慢慢地回歸到我最深的內在，成為我可信任的源頭。

註1：一九九二年，余德慧跟楊國樞教授在台大心理系開設國內第一門「生死學」課程，場場大爆滿。他的心靈散文集如《觀山觀雲觀生死》、《生命史學》、《生死無盡》是我多年的床頭書。

註2：家族排列，源自於德國的心理治療方法，創始人海寧格，提出了許多關於生死與愛的洞見。可參考張老師出版《家族星座治療》以及商周出版《愛的序位》二書。

姑姑走了

這麼多年，我沒有在姑姑健康時去看她，
其實是我逃避內心失去父親的苛責。

二〇〇七年六月，距離父親死亡後的十五年，知曉姑姑癌症的兩個月內，姑姑去世。這是篇日記，是在姑姑走後四十八小時後，我寫下的。

早上騎腳踏車出門，看見天空，覺得世界真美，風吹來帶著雨味的陽光，我開始流淚，是喔，直到獨處，我才能跟自己的不捨連結。就是會不捨，就是會哀傷，天空的顏色，對我而言，都會聯想起父親與祖母當年離開的天氣。即使真的相信姑姑終於如願離開讓她痛苦的身體，即使幸運能在她臨終過程守候協助，即使相信相愛的人終究會再度聚首，還是不捨，還是哀傷。

姑姑在兩個月多前得知肝癌末期，於是我每週去看她，帶著花精，為她做一點能量的祝福。倒數第二次，我如往常一樣去看她，那陣子離開時我都會說：「下週再來看你喔！」但那次我像是感受什麼似的，說：「我快快再來。」

我回想姑姑說的話，她問：「我的皮怎麼會這麼韌？」（台語）我答：「你覺得活累了，想說怎麼還沒走，是嗎？」姑姑說：「我怎麼快要不認識你了？」

那天的姑姑看見的視野層面與我不同，她感受到的是能量層面，與我的物理感官知覺不同。她說：「我的腳整個掉下去了，幫我扶起來。」她說：「我的肚子有個釦子，很緊，幫我解開。」她說：「我的背後，你要用剪刀才剪得開。」這些非尋常感官的要求，我用能量隱喻的眼光聆聽。

我扶著她的腳，用手順順她。我放下清除的花精，認真地在空中比劃，解開肚子的釦子，剪開背後的「東西」。這些對待都讓她放鬆，也靜默下來。那天，我用了將近半瓶的放下與清除花精，鳶尾花的花語這樣說：

鳶尾花與生命的循環是相連的：是生與死，復活與再生的循環。它協助我們向過往告別，放下舊的。它讓我們與無條件及非刻意的愛相連，並允許這樣的愛在內心滋長。我們準備好放棄舊的，才可以進入一個新的循環。

離開時，我一再回想那些情景。我自問，無意中使用那麼多釋放的花精，要告訴我什麼嗎？我回想姑姑便出來的黑色流體，心理開始準備……也許時候到了。就在隔天早上，我與表弟通電話，知道姑姑開始吐黑色的血，時候不多了。我讓自己拚命寫完個案紀錄，騰出自己的時空，好讓自己趕得上最後一面。

姑姑走的那天，出門時已經七點半了，許多反常的耽擱，讓習慣六點出門看姑姑的我，延後很久才出發。這反常讓我領悟到：「今天，我需要一個晚一點的行程，也許就在今天了。」

我八點半到達桃園，姑姑平靜地躺著，外籍看護、姑姑的媳婦都在身邊，姑姑似乎不太主動言語了，她進入自己的夢沈世界。我深呼吸，做了些例行的接觸，在耳邊跟姑姑說：「你心裡跟著我說：謝謝觀世音菩薩，來接我離開，讓我回到天上。」姑姑對這些話語有反應，她深吸了一口氣，跟著我默念（我就是感覺到）。那過程很溫柔的，很平靜的。我問姑姑，還有什麼放不下的話想說嗎？她眨眼睛表示沒有。後來她開口喊了聲，「Ba（by）……」（外籍看護的名字，只能喊出前半字）。Baby過來，握住姑姑的手，等待指示，姑姑吸了幾口氣，想說話，但良久良久，說不出來。Baby凝視她，默默垂淚。

我在身邊，有份直覺，我跟Baby說：「阿嬤要跟你說，謝謝你。」姑姑像是放心了，鬆開她抓住Baby的手。

接著，姑姑就進入喘息的階段了，她強而短的吸氣，緩而長的吐氣，她的下巴放鬆到下唇有些外翻，即使我們都是生手，也知道，時候到了。

表弟忙著打電話通知姑姑的另兩個孩子，我們則在一旁守候看顧。感覺姑姑的體溫下降，我用很淺顯的台語，解說紫光花精的意義：

我說：「你就要回去了。」（心裡想著毛毛蟲蛻變為蝴蝶的剎那。）姑姑繼續喘氣，過程平靜而安詳，我整個人很穩定平和，回歸中心而安在。

房間裡忽然飛來一隻灰色的蜻蜓，蜻蜓在房間中飛舞，停留在姑姑的頂輪（頭頂上方一吋處）良久，在姑姑最後一口氣後，蜻蜓尋找著門窗，想要飛出去。接近中午，我離開，表弟表妹都在，他們開始忙起身後事的聯繫。

姑姑走後的幾日，我感冒。感冒讓我明白，我的心還沒準備好失去她，但理性要我接納。由於沒有準備好面對失去姑姑，我用鼻塞發燒來讓自己阻隔傷心的感受。我承認，我還沒準備好；我承認，底層的我，還有不肯接受事實的抗拒；能在姑姑臨終陪伴是福氣，而它因應到，當年無法陪到祖母與父親臨終的罪疚。十五年了，我內心依然苛責自己失去的最後一面。這麼多年，我沒有在姑姑健康時去看她，其實是我逃避內心失去父親的苛責。這次我又鼻塞發燒，這是不讓自己面對苛責的功能。

伴隨過去未完成的罪疚，我苛責自己——無名的情緒被命名，眼淚終於可以名正言順地流出來。我帶了一盒面紙到咖啡店，整個包包塞滿擤鼻涕的紙張，紅通通的鼻子，一身狼狽。面對姑姑的走，即使做了這麼久的心理準備；即使在行動上，我已做到能做的最好；我面對親人的死別，還是一身狼狽。原來安穩美好的生活，不知如何跟狼狽與張皇放在一起。

隔日，我們陪母親，帶了兩個孩子，一起到喪家致哀；一夥人在客廳摺蓮花與金元寶，空氣中有平穩的寧靜和諧。母親著實哀傷地哭姑姑，我右手抱女兒，左手抱母親，心連成一列。

樹兒很快和素未謀面的表哥表姊混熟，加入摺蓮花的行列，他喜歡那樣的感覺。由於平日的教導，樹兒對死亡很有概念，他想來看看姑婆死去的身體。我想起繪本《爺爺有沒有穿西裝》，裡頭用孩子的觀點，看一場喪禮的過程。那孩子說：「喪禮過後大家又吃又喝，說了許多爺爺的事，為什麼爺爺在的時候，我們不這樣做？」這些孫子輩的表兄弟姊妹，終於在姑姑靈前，相互認識。

對父親的愛也是在父親往生之後，才純粹而鮮明地感受到。對祖母的敬重與佩服，也是在祖母往生後，才越來越鮮明地信任著。也許，與親人別離的陰影在我內在世界，烘托出愛的溫暖與綿延。這幾日，很濃厚地感受到家族血緣，這是平日隱藏不看的連結。

素有藝術天分的表妹，親手為姑姑縫製往生的衣物，一層又一層漂亮的金蔥絲絨花布。表妹說：「這布都是我媽的最愛，珍藏在箱底二十年了。」即使表妹幾週前就開始縫製，還是來不及。她熬夜趕工，最外層的旗袍，花了她六小時。我撫摸欣賞那些衣物，竟然想起將近二十年前，我在彰化姑姑家看到那些布料的場景。

親愛的姑姑，我愛你。能陪伴你走這最後一程的路，是我的福氣與幸福，謝謝你，讓我再次學習到一個人生存的勇氣。我在你身邊，感受到你一切無畏的力道與輕鬆；這份性格，與爸爸一樣，也是留在我血液裡的。

親愛的姑姑，謝謝你，讓我來得及陪伴你，透過這過程，感受到我內心深濃寬廣的愛；透過這過程，我與父親血液相連的事實，又被感受到。再一次，我感受到心裡對祖母與父親的感恩與敬重。

告別與放手

姑姑離去帶來的禮物是：
讓我完整地放手，讓父親離去。

二〇〇七年七月底，姑姑的告別式的前夕，我先透過書寫，向姑姑告別。

姑姑走後，在將近六十天的日子裡，對姑姑的哀悼以及心中被引發父親去世的未了，成為內在潛藏的議題，不時會觸碰到。即使父親離開已經快十五年了，當女兒的我，心中依然有未了。去看中醫，醫師說，我的能量耗損很多，過去的鎖鍊依然牽絆著。我的觀點是，姑姑離去帶來的禮物是：讓我完整地放手，讓父親離去。

一九九二年，父親去世，老家被拆，我的生命源頭毀了一大半。

十五年了，我在夢裡釋放父親與老家：從夢中哭醒到夢醒後的甜蜜。一開始，夢裡盡是父親的身影，腐爛的，白骨的，陰影的……後來，父親以活著的形象出現在老家，殘毀敗壞的老家、被外人入侵的老家……慢慢地，老家開始新裝潢，有了舒適的新形象，父親在裡面，煮東西宴請賓客。最後，父親開始出現到我現在的家，慈祥安定的笑容帶來正向的能量，他開始在夢裡，滋養我。

十五年的成長，我與神的關連也在轉變。在父親去世的當下，我怨天尤人，誓言不認神的存在。於是我走上心理學，走上靈性探索，試圖用西方的靈性觀點，找回自身的信仰。最後，我修復當時與神的斷裂，重新變成被神祝福的孩子。

若我要真的釋放，姑姑與父親的離開，真的放手，讓他們放心，我會在心裡這樣說：

親愛的父親，親愛的姑姑。我愛你們，在你們生前我有些孩子氣，不知如何表達我的敬愛。你們的離去促使我成熟，我重新認識你們，於是，我感受到心裡對你們深深的感恩與愛。

我感謝你們，傳承在我血液裡，真誠與英勇的豁達性格，

我感謝你們，傳承在我血液裡，屬於父系祖先的一切，

我感謝你們，將生命傳給我，在我年幼時養育我，照顧我……

你們離開，我非常哀傷，一開始我很抗拒……我逐漸領悟到，神不會讓相愛的人分離，相愛的人在心靈永恆的相聚。

在神的祝福下，我接納你們在物質層次離開我的事實。

我接納，你們此世的身體消逝並永遠離去。

我接納，你們與我此生的緣分，就在剛剛好的時刻，結束與完成。

我感恩，哀悼旅程中，領悟到，屬於靈性更大的愛與自由。

在我心裡，你們永遠有一重要的位置。你是我的父親，你是我的姑姑……永遠不變。我帶著愛，敬重你們生命的選擇，敬重發生在你們身上的一切。

我放手，我跪拜。我用這些動作，傳遞出內心的真誠，真誠地接納與放手。

請祝福我，讓我活得好好的，讓我在我的生命裡，照顧我的孩子，建立我的家庭。請祝福我，讓我活得真實，讓我接納生命的真實，讓我帶著力量面對自己的人生。請帶著愛放手，讓我擁有自己完整的自由，屬於自己的人生選擇。

我會，將你們的良善本質與教誨，傳遞給我的孩子；

我會，告訴孩子們，關於你們在我生命中的深情故事；

我會，在自身生命完成的時刻，到另外一個世界與你們相聚；
請讓我活在陽光下，活得踏實負責，好好地傳遞你們給我的愛。

恭送與迎接——生命的循環

外公，無論你是否要啟程了，我的心，對你有極大的恭敬與感謝。

你的樣貌與本質，會流動在宗展的身上，陪伴我們，陪著樹兒、昕兒長大。

二〇〇七年元旦剛過，在夜晚九點，樹兒發簡訊給爸爸：「親愛的爸爸：你好嗎？我很好！你現在在哪裡啊？我很想念你，所以……請您趕快回來好嗎？因為阿公生病了……」宗展的外公，正在加護病床上用呼吸器續命，家人們都聚在身邊了。洗澡時，我嚴肅地與樹兒談起這件事，樹兒好關心，他拿起手機發簡訊。

看昕兒頻頻揉眼睛，我將孩子帶到床上，唱著催眠歌，快睡著的昕兒，聽到哥哥笑聲，一轉身，又生龍活虎起來了。斷續在空中的催眠曲忽然變得很好聽。我繼續唱，非常專心地，唱給自己聽，有十分鐘之久。原來，我也累了，好想睡覺。

宗展的外公正走在生命重要的階段，此世的生命將要告一段落，下一階段的旅程，即將展開。外公，一直給我很安詳寧靜的美麗感，是所有我認識的人裡，最有靈性的長者。宗展與他十分相似，極瘦的身軀，蒼勁的骨骼，隨性柔和，最尊重別人。在他們的身邊，我都會感受到自在與寧靜。外公，即使九十多歲了，依然有孩子般好奇的學習興趣，有青少年般對世界的熱誠，在他身邊經常能感受到，世界的趣味與恩典。這份特質傳到宗展身上，讓我跟他在一起，能有極大的自在。那些日子，我晨起入睡前，都為外公祝福。在我冥思沈靜的過程，分享了外公好寧靜的美麗與放鬆，如我親臨他身邊一般。

某日我太累了，賴床不起，心裡依然想傳遞祝福，於是我先傳祝福給自己。在愛臨降自身時，耳邊響起兩個聲音，低語呢喃地，從記憶中發出回聲。宗展說：「好想跟你約會，兩個人獨處，說話……做什麼都好。」樹兒說：「媽媽，我今天可以跟你泡澡嗎？」父子倆在這週，說了好多次這樣的話；我心裡想回應，卻一直沒行動。

兩個人獨處的時空是極神聖的。我的生命逐漸擁有極好的專注與放鬆，有溫柔開放的心，有善巧聆聽的耳朵，有說話如詩的心境。只要能兩個人獨處，深刻的交流，真是美麗，與宗展可以很靠近，與樹兒也可以說很嚴肅的心靈話題。我沒有積極回應他們倆的渴望，但心底的呢喃，在微雨的清晨觸動我，喚醒更深刻的愛。

沒有積極回應的我，做什麼去了？我混身居家空間的瑣事與擁擠。很多時候，一個人帶兩個小孩身兼家務，忙著，在生活裡滾動著。有時發揮想像力感受，其實，身邊有五個小孩在呼喊著需求。這五個小孩是：自己的內在小孩，樹兒，昕兒，房子，還有宗展的內在小孩。

我內在有個孩子性格，安靜敏感溫柔細緻，一歲；
樹兒，五歲的男孩，好奇熱情，充滿學習渴望；
昕兒，一歲的女孩，能量充沛，冒險犯難，永遠知道自己要什麼；
房子，九歲了，寬大無私，有很多可以照顧之處；
宗展的內在，十二歲少年，許多愛與熱情，經常有被困住的感覺。

平時，若我不靜心聆聽，五個需求一起嚷嚷時，世界真是混亂。若我，靜心安住，促成彼此合作，世界美滿，一如我愉快童年的五個兒弟姊妹。

世界，在那陣子，對我展現極大的溫柔，它褪去許多我以前錯認的樣貌，向我展現魔法。我回憶起，很早很早以前，非常有安全與歸屬感的自己，不確定感受到此的，是還不會說話的嬰兒，或是跨越死亡之際的靈性存有？**我回憶起，生命，永恆綿延流轉不停的真實。**

我看著昕兒沈睡時，她嬰兒的臉頰十分可愛，存在方式卻流露智慧。有時常在心裡浪漫地感受到，她是我的老師。夢裡，她說：「我將再回來，被你照顧。」我也感受到樹兒與我的記憶，我曾應允他，將呵護他並教導他信任這世界，在他曾經失去安全感的時刻。於是，他成為我的孩子，一個得用智慧才能愛得好的孩子。

外公即將辭世，我帶著感恩的淚水，安靜地記錄，同時間的我們，平凡的內心世界。平靜地恭送與迎接，每個生命，走在旅途中。無論是，要換交通工具了，或繼續前行。

外公，無論你是否要啟程了，我的心，對你有極大的恭敬與感謝。你的樣貌與本質，會流動在宗展的身上，陪伴我們，陪著樹兒、昕兒長大，我也會跟兩個孩子述說故事，跟他們說我認識的外公，也就是他們的阿祖。

國家圖書館預行編目資料

帶著傷心前行：一個心理工作者的自我療癒故事／王理書著. -- 初版. -- 臺北市：寶瓶文化, 2007.12
面； 公分. --(vision；71)

ISBN 978-986-6745-16-4(平裝)

855 96024076

vision 071

帶著傷心前行——一個心理工作者的自我療癒故事

作者／王理書

發行人／張寶琴
社長兼總編輯／朱亞君
主編／張純玲
編輯／羅時清
外文主編／簡伊玲
美術主編／林慧雯
校對／張純玲・陳佩伶・余素維・王理書
業務經理／盧金城 企劃副理／蘇靜玲
財務主任／歐素琪 業務助理／林裕翔
出版者／寶瓶文化事業有限公司
地址／台北市110信義區基隆路一段180號8樓
電話／(02) 27494988 傳真／(02) 27495072
郵政劃撥／19446403 寶瓶文化事業有限公司
印刷廠／世和印製企業有限公司
總經銷／大和書報圖書股份有限公司 電話／(02)89902588
地址／新北市五股工業區五工五路2號 傳真／(02)22997900
E-mail／aquarius@udngroup.com

法律顧問／理律法律事務所陳長文律師、蔣大中律師
如有破損或裝訂錯誤，請寄回本公司更換
著作完成日期／二〇〇七年十月
初版一刷日期／二〇〇七年十二月
初版四刷日期／二〇一三年五月三十日
ISBN／978-986-6745-16-4
定價／二八〇元

愛書人卡

感謝您熱心的為我們填寫，
對您的意見，我們會認真的加以參考，
希望寶瓶文化推出的每一本書，都能得到您的肯定與永遠的支持。

系列：V071 書名：帶著傷心前行——一個心理工作者的自我療癒故事

1. 姓名：＿＿＿＿＿＿＿＿ 性別：□男 □女
2. 生日：＿＿年＿＿月＿＿日
3. 教育程度：□大學以上 □大學 □專科 □高中、高職 □高中職以下
4. 職業：＿＿＿＿＿＿＿
5. 聯絡地址：＿＿＿＿＿＿＿＿＿＿＿＿＿＿＿＿＿＿＿＿

   聯絡電話：（日）＿＿＿＿＿＿＿＿（夜）＿＿＿＿＿＿＿＿

   （手機）＿＿＿＿＿＿＿＿
6. E-mail信箱：＿＿＿＿＿＿＿＿＿＿＿＿＿＿
7. 購買日期：＿＿年＿＿月＿＿日
8. 您得知本書的管道：□報紙／雜誌 □電視／電台 □親友介紹 □逛書店 □網路 □傳單／海報 □廣告 □其他
9. 您在哪裡買到本書：□書店，店名＿＿＿＿＿ □劃撥 □現場活動 □贈書 □網路購書，網站名稱：＿＿＿＿＿＿ □其他＿＿＿＿＿
10. 對本書的建議：（請填代號 1.滿意 2.尚可 3.再改進，請提供意見）

    內容：＿＿＿＿＿＿＿＿＿＿＿＿＿＿

    封面：＿＿＿＿＿＿＿＿＿＿＿＿＿＿

    編排：＿＿＿＿＿＿＿＿＿＿＿＿＿＿

    其他：＿＿＿＿＿＿＿＿＿＿＿＿＿＿

    綜合意見：＿＿＿＿＿＿＿＿＿＿＿＿＿＿＿＿＿＿＿＿＿＿
11. 希望我們未來出版哪一類的書籍：＿＿＿＿＿＿＿＿＿＿＿＿＿＿

讓文字與書寫的聲音大鳴大放

寶瓶文化事業有限公司

（請沿此虛線剪下）

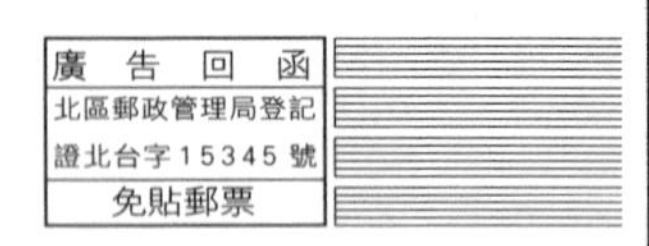

寶瓶文化事業有限公司　收

110 台北市信義區基隆路一段 180 號 8 樓

8F,180 KEELUNG RD.,SEC.1,

TAIPEI,(110)TAIWAN R.O.C.

（請沿虛線對折後寄回，謝謝）